小学館文庫

えんま様の忙しい49日間

光る藤の頃

霜月りつ

小学館

CONTENTS

busy 49 days
of Mr.Enma

Written by Ritu Shimotuki

第一話

えんま様と世界一の料理

busy 49 days
of Mr.Enma

序

「ああ……腹減ったなあ……」

長谷川正巳《はせがわまさみ》はレポート用紙の上に鉛筆を転がした。紙の上には何人かの女性キャラクターが描かれていたが、その全てに大きく×印がつけられている。

「なんか食うもんあったっけ」

椅子から立ち上がり同じ室内にある小さなキッチンに行く。冷蔵庫を開けると、キャベツと豚バラのパックがあった。

「これ、まだ大丈夫かな……」

ビニールでパックされた表面をつついて、流し場の調理台の上に置く。ちっとも進まないネームの息抜きに、料理でもやってみようかと考えた。

「豚肉とキャベツときたら……ホイコーローだよな」

醬油《しょうゆ》、味噌《みそ》、砂糖、酒、豆板醬《とうばんじゃん》ににんにく、片栗粉《かたくりこ》。必要な調味料も揃《そろ》っている。

調理台の上に調味料を並べ、さて、と腰に手を当てる。

母親が教えてくれたホイコーローを作ってみよう。

まず、キャベツをざくざく切る。五センチ幅くらいにおおざっぱに。豚バラも同じくらい。

どんぶりに酒と味噌と豆板醤をいれて混ぜ合わせておく。

ボウルに醤油と酒をいれて豚肉を放り込んで揉《も》み込《こ》む。

フライパンにごま油を引いて熱し、キャベツを焦がさないようにさっと炒《いた》める。

キャベツを皿に移し、豚肉に片栗粉をまぶしたら熱いままのフライパンで焼く。

豚肉を炒めたらもう一度キャベツをいれて、混ぜ合わせておいた調味料をくわえてジュージューいわせれば出来あがり。

出来あがったホイコーローをフライパンの上から皿に移そうとしたが、いかんせん、量が多すぎた。このままではあふれてしまう。

「仕方ない、このまま食うか」

フライパンを持ち上げたときだ。部屋のドアがノックされた。

「なんだ、こんなときに」

長谷川はキッチンのすぐ横にあるドアを開けた。

外にいたのは見知らぬ青年だった。自分より年下に見えるが親しげに笑いかけてくる。

「よお」

「え……？　だれ？」

癖の強い黒髪に意志の強そうな大きな目。どこかいたずらを企《たくら》んでいるようなにやにや顔。愛嬌《あいきょう》はあるが、同時にふてぶてしさも感じた。

「いい匂いがしたんでな、なにかと思って」

青年は長谷川の手元を見た。それで自分がフライパンを持ったままだと気づく。

「あの……」

部屋に閉じこもりネームを描く毎日だ。他人と話すなんてバイト先の上司くらいしかいない。長谷川はこんなとき、どう言えばいいのか思い浮かばなかった。

「ああ、俺は上の階のもんだよ。炎真《えんま》っていうんだ、よろしくな」

エンマ。

なんだかマンガの主人公のような名前だ。しかし、同じアパートの住人か、と長谷川は少しだけ安心した。

「最近このメゾン・ド・ジゾーに越してきてな、気がつかなかったか？」

「あ、お、俺、昼は寝てるか……いないことの方が多くて」

ようやくそれだけ言った。

「うまそうだな」

炎真の目はフライパンに向いている。つやつやとした緑のキャベツ、豆板醤が絡んだ豚肉。まだ湯気をあげている。

ぐう、と炎真の腹が鳴った。その音に彼は照れくさそうに笑った。

「すまん、飯がまだなんでな」

「あ、の」

声をかけてしまったのは、他人の笑顔が久しぶりだったせいか、それとも食えずに空腹でいたときのことを思い出して同情してしまったからか。とにかく、長谷川は気がついたらこう言っていた。

「よかったら、食べていく……？」

一

なんだか妙なことになったな、と思いながら長谷川はローテーブルにフライパンを置いた。炎真は反対側にあぐらをかいている。

ローテーブルはリサイクルショップで四〇〇円で買ったもので、ものを置くとぐらぐらする。表面にはマジックでいろいろといたずら描きをしてしまってあるので少し恥ずかしかった。

長谷川は炊きあがった白米を、ご飯茶碗《ぢゃわん》と平皿によそった。

「すまない、茶碗はひとつしかなくて」

「ああ、かまわねえよ。この方がおかずを一緒に載せられて簡単だ」

炎真にはコンビニで総菜を買ったときについてきた割り箸を渡した。

「じゃあ――いただきますっ！」

パン、と両手をあわせて炎真は声をあげた。つられて長谷川も「いただきます」と小さく言った。こんな言葉、ずいぶん久しぶりだ。一人暮らしを始めてからはずっと言ってない。

「お、うまい、うまい」

遠慮なく肉をごっそりとって、口の中に放り込んだ炎真は嬉《うれ》しそうに言った。

「おまえ、料理うまいな」

「そ、そうかな」

見るからに年下なのに、おまえ呼ばわりされても腹は立たない。それより料理をほめられて嬉しかった。

長谷川は自分もキャベツと肉を摘まんで口にいれた。

「……」

違う。これは母親の作ってくれたホイコーローの味じゃない。

「うまい、うまい」

炎真は飲み込むごとにそう言っている。

「……こんなんじゃない」

「あ？」

長谷川の呟《つぶや》きに炎真は箸を止めた。

「なんだって？」

「こんなんじゃないんだ。もっとおいしいはずなんだ」

「……俺のおふくろのホイコーローの方がぜんぜんおいしい」

「十分うまいぜ」

「へえ？」

「教えてもらったのと同じように作ったんだけど……なにが足りないのかな」

「愛情ってやつじゃないか」

炎真はくすくす笑う。

「よくテレビで言ってる」

「そうじゃないよ。確実になにか足りない。そりゃピーマンもネギも入ってないせいもあるんだけど、そうじゃなくてもっと基本的な味が」

「おまえのおふくろさんのホイコーローはそんなにうまいのか？」

「ああ、うちのホイコーローは世界一だよ！」

長谷川は自信を持って言った。

「そりゃあ、食ってみたいな」

「……」

長谷川は箸を置いた。

「俺も食べたい……もう一度おふくろのホイコーローが食べたかった……」

「どうしたんだ？　なんで食えないんだ？」

炎真はキャベツをしゃくしゃくと兎《うさぎ》のように前歯で噛みながら言った。

「……あのさ」

長谷川は顔を上げて炎真を見た。

「ホイコーロー代っていうわけじゃないんだけど……話を聞いてもらってもいいかな」

「ああ、いいぜ」

ゴクン、とご飯のかたまりを飲み込んで炎真が笑った。

「話してみろよ、おまえのこと」

長谷川はうなずき、ローテーブルの表面に目を落とした。描かれたキャラクターたち。

「俺は……マンガ家だった……いや、今でもマンガ家のつもりなんだ」

「マンガ家？　ああ、紙に描いた絵で話を作るやつだな。知ってるぞ。鳥獣戯画《ちょうじゅうぎが》とか有名だな」

「それは絵巻だよ。まあ、マンガの原点かもしれないけどさ」

「冗談だ」

炎真はすました顔で肉を咀嚼《そしゃく》している。

「それで？　どんなマンガ描いているんだ？」

長谷川は立ち上がって本棚に向かった。同じ背表紙のコミックスが何冊も並んでいる。その中から一冊引き抜いた。

「もう五年も前のだから知らないかもしれないけど」

コミックスを渡すと、炎真は行儀悪く箸をくわえたまま片手でそれを取った。パラパラと中身を開く。

「感想はいらないからね。とにかく俺はマンガ家だった。その前は金融系の会社に勤めていたんだ。ブラックとまではいかなかったけどけっこうキツいとこで……でもキツさより、これがほんとに俺のやりたかったことかって思って」

会社を辞め、マンガを描き出した。

「親には反対された。うちはおふくろしかいなかったから、ほんとは安定した仕事についてほしかったんだろうけど……でも俺はマンガを描きたかった」

炎真は本を閉じ、表紙を長谷川の方に向けた。

「よかったじゃねえか、望みが叶《かな》って」

「うん……一年、バイトをしながら描いて投稿した。三回目くらいで入賞して編集がついて……連載になった。怖いくらい順調だった。でも、」

順調なのは最初だけだった。回を追うごとに人気はさがって、結局単行本一冊分の頁《ページ》がたまった時点で打ちきりになった。その単行本もたいして売れなかった。

「それからはアシスタントしたりバイトしたりしながら、ずっとプロットとネームの描き直しだ。キャラクターに魅力がない、世界観に説得力がない、話がありきたりだ、絵に華がない……欠点をあげつらっていけば、一冊辞書ができるくらいだよ」

「ははは」

炎真は声をあげて笑った。

「今のおもしろいじゃねえか、マンガにしろよ」

腹は立たない。逆に面白いと言われて嬉しかった。その言葉をずいぶん言われていなかったから。

「そうだね。今のいいせりふだったかな」

最初の連載マンガの載った雑誌を母親に送ったとき、電話がきた。電話口の向こうで母親は泣いていた。よかったねえ、よかったねえと何度も言われた。

そうだ、これからだ。ヒット作を描いてばんばん単行本を出して、アニメ化、映画化。空港や駅に自分の作品名がつき、キャラクターをかたどった銅像が商店街に設置され、自宅まで道路が造られ、なんとか御殿という立派な豪邸を建てて母親に楽をさせてやれる。そう思っていたのに。

今は地獄だ。ネーム地獄。

以前は頭の中でアイディアを考えているときは天国だったのに。

描いても描いても没になるプロットとネーム。まるで賽《さい》の河原で石を積む子供のように、ネーム用紙を積み上げて、それを編集という名の鬼が、蹴り崩してゆく。

「おもしろくないよぅ」

「なにをかきたいのかわからないよぅ」

「せんすがふるいよぅ」

「きゃらがよわいよぅ」

鬼はわめきながら金棒を振るう。

そうじゃない、わからないのはそっちにセンスがないからじゃないのか？　俺にはそんな作品はあわないってわかってるのに、そっちが望むマンガを押しつけているだけじゃないのか？

「——勝手なイメージで言うなよ。最近の賽の河原じゃ石積みさせてねえよ。どっちかというとキャンプに近いな」

不意に炎真が声をかけてきた。

「あ、あれ？　俺、声に出してた？」

今のは頭の中で思ったことだったはずだが。

「ネーム地獄って言ってた」

炎真は箸で長谷川を指した。

「すまない、最近独り言が多くて」

「いや、しかしネーム地獄か……」

炎真はなにか考えているような顔をする。

「まあしかし、勝手に地獄を増やすとまた篁《たかむら》が怒りそうだしな」

「え？　あ、っていうか、最近ってなに？　賽の河原に新設定が？」

長谷川の言葉に炎真はぶるぶると首を振った。

「いや、なんでもねえ。こっちの話だ。それより、」

炎真はキャベツの芯を箸で突き刺した。

「母親のうまいホイコーローの話も聞かせてくれよ」

「あ、ああ」

長谷川はキャベツに肉を載せると一緒に箸でつまみ上げた。

「おふくろのホイコーローはそりゃあうまいんだ……」

小さいときからよく作ってもらった。もちろんハンバーグもオムライスもミートソーススパゲティも好きだったが、おふくろの味、といえばホイコーローだった。

キャベツと豚肉、あとは冷蔵庫にある野菜ならなんでも。

ネギやナス、ニンジン、しいたけ、タマネギ、ピーマン。もやしが入ったときは水っぽくなって「ちょっと失敗したね」と笑ってた。

食卓の真ん中にでかいホイコーローの皿があって、各自の手元にはどんぶり飯、父親が生きていたときはビールもあった。

大学に入ったとき、その父親が病気で亡くなった。学校を辞めて働くと言った長谷川に、母親は「お父さんの保険金もあるし、あたしの貯金もあるから、心配しないで」と笑顔を見せた。

上京したとき、身の回りの荷物のほかに、ホイコーローのレシピをもらった。これさえあれば生きていけると思った。

「レシピ通りなんだろ？」

炎真が肉をほおばる。

「そうなんだけど……レシピの紙はもうなくしてしまって、今は記憶を頼りに作っているんだ。だから、なにかちょっと変なんだよ」

「うまいけどなあ？」

不思議そうに言う炎真に、長谷川も首をかしげる。

「なにかあとひとつ……忘れているような気がする」

「母親に聞けばいいじゃねえか」

長谷川の箸からキャベツが落ちた。

「それができれば……」

「できない？」

「おふくろは……」

　ホイコーローを作ったのもずいぶん久しぶりだった。作るのを避けていたのかもしれない。だってホイコーローを作れば思い出してしまう、母親のことを。あの後悔を。

「一昨年《おととし》……実家に帰ったんだ。なんだかいろいろ疲れててね」

「母親は喜んだだろう」

「最初はね。びっくりして喜んで。でも話しているうちに……」

　喧嘩《けんか》になった。

　いや、喧嘩じゃない、俺が一方的に腹を立てただけだ。

「なぜ？」

　炎真はズケズケと聞いてくる。だが長谷川は吐き出してしまいたい気分だった。

「将来のことを言われてしまったんだ。元々おふくろは俺がマンガ家になることにいい顔はしなかった。雑誌に載ったときは喜んでくれたけど、そのあと、どの雑誌にも載らなくなったのをすげえ心配して……だからあのとき……」

　――まだ三〇前なんだからどこかに就職するとか考えてみれば？

　母親は心配して言ってくれたのだろう。だが、長谷川は一番それを言われたくなかった。信用されていないことがつらかった。

「俺が一番自分を信用してないっていうのにな。俺はおふくろに当たり散らして……さっさと自分の部屋にひっこんでしまった」

しばらくして階下の台所からいい匂いがしてきた。ホイコーローの匂いだ。母親がホイコーローを作っている。

「俺の機嫌をとろうとして、って、俺はますます意固地になって、母親がご飯だと呼びにきても部屋から出なかった……たぶん、母親を傷つけたかったんだ。自分が傷ついているからって、相手も傷つけたいと思ってしまったんだ」

「最低だな」

炎真がはっきりと目を見て言った。長谷川は目を伏せた。

「そうなんだ。俺は最低な息子で最低な人間だった」

もっと言ってくれてもいい。なんなら顔に墨汁で最低と筆書きしてもいい。

「俺は結局一晩中部屋を出ずに、マンガを読んだりスマホをいじったりして過ごした。おふくろの顔を見たくなかった。それで翌朝、家を出たんだ」

早朝、階段を下りて台所を覗《のぞ》くと、テーブルの上に山盛りのホイコーローがラップをかけられて載っていた。

二人分どころじゃない、食べきれないほどの量だった。俺はそれを見てもなにも感じなかった。

玄関で靴を履いていると物音に気づいたのか、母親が起きてきた。

「ねえ、正巳。悪かったよ。あんたの仕事のことあれこれ言って……。もうなにも言わないよ、だからせめてご飯を食べていきなよ……あんた痩せちゃってるじゃないの……」

最後は泣き声になっていた。でも俺の心は石のようになっていて、母親の涙も染《し》み込みはしなかった。

最後まで母親を傷つけることだけを考えていた……。

「それで俺は母親のホイコーローを食べずに出てきたんだ」

「ふうん」

フライパンのホイコーローはあらかたなくなっていた。自分はそんなに食べた覚えがないので、炎真が大部分、食ってしまったのだろう。

「それから母親に会うことはなかったのか？」

「いや……会ったよ。おふくろ、入院したんだ」

病院から連絡をもらって驚いてすっとんで帰った。あれは去年のことだったか、病室のベッドの上で、母親は気弱げな笑みを見せた。

「やだねえ、おおげさだよ。ちょっとめまいがしただけなのに」

そんな簡単なものじゃなかった。脳梗塞《のうこうそく》になりかけたのだ。

一人暮らしの母親だ。その時はたまたま郵便配達の人がいて、目の前で彼女がしゃがみこんでしまったから、驚いて救急車を呼んでくれた。

病院ではいろいろと検査をすることになり、母親はしばらく入院しなければならなくなった。そのため、長谷川が家に下着や洗面用具をとりにいった。

「家に戻って、母親の支度をすませて自分の部屋に行ったら……なにがあったと思う?」

「ホイコーローか?」

勢い込んで聞く炎真に長谷川は笑った。

「ギャグマンガじゃないんだから……」

「なにがあったんだ?」

「机の上にさ、母親が集めたらしい切り抜きやパンフレットが置いてあったんだ。それが笑っちゃうんだ」

長谷川はくくっとのどの奥で笑って肩を揺すった。

「地方の広告代理店の募集とか、地方のアニメ制作会社とか、印刷会社とか出版社とか……とにかく絵に関する仕事のものでさ。俺の仕事に口出ししないって言ってたくせに、そんなのがこれみよがしに置いてあるんだ。マンガ家の仕事をほんとにわかってないんだ」

「おふくろさんなりにいろいろ考えたんだろうな」

炎真はうなずいて言った。

「そうだな、今はそう思えるよ。そういう勘違いもかわいいって言うか、一生懸命だったんだろうなって。俺がいつ戻ってくるのかわかんないのに、そんなのを集めて机の上に置いてさ。だけどそのときはまた腹が立って、全部ゴミ箱にたたき込んだんだけど」

長谷川は深くため息をついた。

「そういうのを集めて……考えて……目を輝かせていたのかなって思うと……」

目の縁が熱くなった。でも涙はこぼれない。

「俺は荷物を病院に持っていくと、すぐに東京へ戻ったんだ。ひさびさに編集者からコンタクトもあったし、おふくろの顔を見ていたくなくて」

「じゃあ、そこからホイコーローは食べていないんだ」

炎真の指摘に胸が痛くなる。

「うん……それ以来……もう二度と……」

「食べたいな」

「ああ、食べたい。おふくろのホイコーロー食って……謝りたい」

長谷川は両手で顔を覆った。口の中にあの味がよみがえる。もう一度食べたかった、おふくろの笑顔を見たかった……。

二

どのくらいそうしていたのか、そう言えば炎真がいたのだ、と思いだし、長谷川は顔を上げた。

そして驚いた。

そこは今までいた東京武蔵野のアパートではなかった。実家の、台所だ。

ザクザクとキャベツを切る音。目の前に立っているのは母親だった。

「かあさん!」

長谷川は慌てて立ち上がった。

「どうしてここにいるの!? 病気は? 退院したのか?」

母親は振り向かない。キャベツを切ったあとはピーマンにとりかかった。

「かあさん! 安静にしてなきゃだめなんじゃないの!?」

すぐ横に行って怒鳴っても、母親は知らぬ顔だ。肩に触れようとして、気づいた。

手が、母親の腕をすり抜ける。

「な、なんだ、これ」

母親の目の前に手を出して振っても見えていないらしい。キャベツの入ったボウルも摑めない。

「これじゃあ、まるで幽霊じゃないか」

台所の中をあちこち見回すと、カレンダーが目に入った。年が——二年前だ。

「過去？　もしかしてこの日は……」

玄関に行くと自分のスニーカーがあった。間違いない、この日は自分が実家に帰った日だ。

台所に戻る。母親は悲しそうな顔をしていたが、料理を作っているうちに、じょじょにその顔が晴れて楽しげになってきた。

きっと自分に食べさせることを考えているに違いない。俺の大好きなホイコーロー、どんなに怒っていてもこの匂い、この味できっと仲直りできる。母親はそう思っているのだ。

ご飯も炊きあがり、母親はホイコーローを大きな皿に盛った。テーブルの真ん中に置いて、ご飯茶碗も味噌汁の椀《わん》も用意した。

「ねえ、ご飯だよ」

二階の自分に向かっておずおずと母親は呼ぶ。エプロンを両手で握り、くしゃくしゃと揉《も》みしだきながら。

「おまえの好きな……ホイコーローだよ」

知っていた。二階にいても匂いがしていた。空腹を抱え、それでも意地になって出てこなかった自分。

反応のない息子に肩を落とし、母親は台所に戻った。大量のホイコーローを前に、椅子に座ってうなだれる。

ホイコーローはキャベツがつやつやして、ピーマンの緑が美しく、豚肉もいつものバラじゃなくてロースの薄切りだ。

湯気の上がるうまそうなホイコーロー。母親はぼんやりとそれを見ている。

「……食べろよ」

幽霊のような長谷川は、母親に向かって言った。

「いいよ、俺のことなんかほっといて食えよ！　せっかく作ったんだから、俺がいなくても食べてくれよ！」

だが母親は皿に手を伸ばさない。悲しげな顔をして湯気の上がる料理を見つめているだけだ。

時計の針が進む。母親は一時間以上も台所の椅子に座ったままだった。

くらっと目が回り、気がつけば、薄暗い台所にいた。とっさに時計を見ると、明け方だった。テーブルの上にはラップのかかったホイコーローが置いてある。

トントンと足音がして、二階から自分が降りてきた。台所を覗き、ホイコーローがあるのを見る。だが、すぐに背を向けてしまった。

「食えよ！」

長谷川は自分に向かって叫んだ。

「食えよ！　もう二度と食えないんだぞ！　おふくろのホイコーローだぞ！　ずっとずっと食べたかったんじゃないか、ずっと、もうずっと――後悔し続けているじゃないか！」

玄関で靴を履いている自分の背に向かって怒鳴る。

「食えよ！　食ってくれよ！　食べてくれよ、食べてやってくれよ！」

母親が寝室から出てきて悲しげに自分の背を見ている。

「かあさん――」

長谷川は母親に呼びかけたが、過去の彼女にはその声は届かない。

「ねえ、正巳。悪かったよ。あんたの仕事のことあれこれ言って……」

「かあさん、ごめん、ごめん、俺……」

目の前に立って呼びかけても、母親の目は玄関にいる自分にしか向いてない。

「もうなにも言わないよ、だからせめてご飯を食べていきなよ……」

「食べたいよ！　かあさんのご飯、食べたいよ！　ごめん……ごめん、食べなくてごめん……」

長谷川は廊下に突っ伏して号泣した。あれからずっと後悔していた。

東京へ戻り、母親の容態を気にしながらも、たいした病気じゃないと自分に言い聞かせ、連絡を取らず放置した。毎日進まないネームを考え、それに飽きるとネットをし、マンガを読み、バイトをし。

実家に戻ってもできることだったのに、東京に固執したのはなぜだったのか。

田舎じゃバイト先がない、なんて言い訳だ。やってるバイトはどこでだってできる仕事だ。アシスタント？　最近じゃデジタルアシで在宅でもできる。東京に居続ける理由にはならない。

ただただマンガ家である自分に固執しただけじゃないか。東京でマンガを描き続けている限り、自分はマンガ家と名乗っていられる。現実と対面しなくていい。

どうしてそれがわからなかった。いや、わかってたのに目をそむけていた、認めなかった。だから。

「もう、おふくろのホイコーローが食えない……」

声がした。

「食いたいのか？」

ああ、この声は。

（炎真くん……？）

顔をあげると目の前に皿に載ったホイコーローがあった。

（……これ）

皿の前には母親が座っている。両手をあわせて自分を見ていた。

「正巳の好物のホイコーローだよ……」

母親が囁《ささや》く。

「向こうでお父さんと食べておくれね」

母親は仏壇の前に座っている、仏壇には父親の写真と自分の写真が。なんだかむずかしい字で書かれた新しい位牌《いはい》もあった。

（ああ、俺……）

「思い出したか？」

すぐそばで炎真の声が聞こえるが姿は見えなかった。

（そうだ、死んだのは俺の方だったんだ）

東京に戻ってネームを描いているとき、ひどく背中が痛んで……意識を失った。病院に運ばれ、検査をしたら膵臓《すいぞう》ガンだとわかって。

入院したけどそれからすぐに死んでしまったのだ。

すっかり忘れていた。ホイコーローが食べられなかったのは母親が死んだからだと思いこんでいた。

「おまえの心残りだったんだろう?」

暗い場所に、長谷川は炎真と二人でいた。驚きはしなかった。心は穏やかだ。

炎真の手にホイコーローの皿があったせいだろうか。真っ暗なのに、その料理だけははっきりと見えた。

「さあ、食えよ。おまえの母親がおまえのために作った料理だ」

皿を受け取り箸をとる。キャベツと肉をつまんで口に入れた。

「ああ……これだ」

咀嚼して、長谷川は呟く。

「そうだ、豆板醤だけじゃなかったんだ、オイスターソースをいれてたんだ」

「そうだったのか」

「うん。いつのまにかオイスターソースのこと忘れてたんだ……これだよ、これがおふくろのホイコーローなんだ」

もう一口食べると、暗闇《くらやみ》の中に光が射《さ》した。その光の中に母親の姿が見えた。さっきと同じように仏壇の前にいるようだ。

母親は大学ノートをめくっている。

「あれ……あのノートは……」

長谷川は手を伸ばした。

「それ、正巳ちゃんのかい？」

親戚の女性が母親の手元のノートを覗《のぞ》き込《こ》む。今日は長谷川正巳の二回目の法要だ。仏壇の前でノートを広げていた長谷川の母は、彼女にも見えるように持ち上げた。

「そうなんだよ。救急車で運ばれたとき、握っていてね。入院したときも意識のあるときはこれになにか描いてたんだよ。生きるか死ぬかってときに、人を笑わせるマンガを描いてたんだ」

「これ、落書きかい？」

「ねーむって言ってたよ。マンガの設計図みたいなもんだって」

「へえ」

「正巳はマンガは一冊しか出さなかったけど、今でもときどき電子書籍……っていうの？　あれで読まれているらしくて、ぽつぽつお金が入ってくるんだよ。正巳はいなくなっても作品はなくならない……嬉しいことだよ」

親戚の女性は頁をめくっていたが、首をひねってノートを返した。

「それ、マルと線だけでよくわかんないけど、……おもしろいのかい？」

「おもしろいよ。あたしの息子のマンガは世界一おもしろいんだよ」

母親はノートを抱きしめる。涙は頬を伝っていたが、口元は笑っていた。

「かあさん……ありがとう……」

母親の姿は急に眩《まぶ》しくなった光の中に消える。その代わり、真《ま》っ直《す》ぐな道が見えた。

「あれは……」

「お前が行くべき道だ」

後ろから声をかけられ、振り向くと炎真が立っていた。

「君は誰なんだい？」

「俺は炎真だよ」

炎真、と口の中で呟いて、長谷川は驚いた。

「まさか、あの、地獄の王様？　俺は地獄に行くのか？」

「さあな、それは裁判しだいだ。まだ先の話だよ」

「閻魔《えんま》大王がわざわざ迎えにきてくれるなんてびっくりだよ」

目を見張って首を振る長谷川に、炎真は苦笑した。

「俺だってびっくりだ。俺は今は休暇で現世《うつしょ》に来てるんだよ。なのにお前が成仏しないからなんとかしてくれって大家に言われたんだ」

「大家さん？」

「メゾン・ド・ジゾーの大家は地蔵菩薩《ぼさつ》の化身だ」

「お地蔵さま……」

炎真は話を打ち切るように、長谷川の背中を軽く押した。

「さあ、一人で行けるな?」

「ああ、ホイコーローも食ったし……心残りはもうないよ。おやじが待ってるよな」

長谷川は晴れ晴れとした顔をして光の中を歩き出す。

「ありがとう……。さようなら」

「あとでまた会えるさ」

炎真は手を上げた。長谷川は光の中に消えていった。

終

「ありがとうございます、エンマさま」

一〇二号室から出てきた炎真にほっそりした男が頭をさげた。このアパート、メゾン・ド・ジゾーの大家で、その正体はさきほど炎真が言ったように、地蔵菩薩だ。

地獄では閻魔大王の分身とも呼ばれる彼は、現世では各地の地蔵尊《じぞうそん》ネットワークを使い、不動産業を営んでいる。若芽色と呼ばれる淡い黄緑の紬《つむぎ》を着て、長髪を背中に流していた。女性めいた美貌だが、なんのかんのと炎真をこきつかうツワモノでもある。

「おまえなあ」

「これでこの部屋もようやく空いて、貸すことができます」

炎真はうんざりとした顔をした。

「私はこれでも忙しいんですよ」

「居座る幽霊を成仏させるくらいできるだろうが」

地蔵が肩をすくめる。

「アパートの管理に不動産の仕事に、最近はFX関係で四六時中パソコンを見てなきゃなんないし」

「俺は、現世に、休暇に、」

「来ていらっしゃるんですよね、知ってますとも」

歯をむき出して威嚇する炎真の目の前で、地蔵は大げさに手を振った。

「だったらなんで働かせるんだ！」

「世田谷の有名なお菓子屋さんの焼き菓子です」

地蔵がさっとクッキー缶を捧《ささ》げ持つ。

「本店以外では、日本橋の高島屋にしか入ってない、とてつもなくおいしい……」

炎真はみなまでいわさず缶を奪い取った。

「それにしても最後までつきあうなんて、炎真さまにしてはご親切でしたね」

さっそく缶を開けてクッキーをつまんでいる炎真に、地蔵がにこやかに言う。

「まあな。あいつの自慢するおふくろの味にも興味があったから」

「おいしかったですか？」

「ああ、うまかった。でもあいつが作ったのもかなりうまかったぞ」

炎真はペロリと舌で唇をなめる。

「よかったですね、おなかいっぱいになったでしょう」

「味はわかっても幻想だからな、かすみを食ってるようなもんだ。腹はふくれない。そんなわけで今晩の夕食はホイコーローにしてくれ」

「はいはい」


空き室の一〇二号室からほんのりホイコーローの匂いがする。地蔵は一度部屋を振り向いて、「ホイコーローの匂いつき」というキャッチでも借り手が見つかるだろうかと、考えた。

第二話

えんま様とコドクの犬

busy 49 days
of Mr.Enma

序

「おーい、ストップ、ストップ」

空き家の解体作業をしていた作業員が、ショベルカーを動かしている仲間に手を振った。

「なんか下にあるみたいだぞ、いったんあげろ」

木の根を掴んだアームがゆっくりと右に回転する。土くれがどさどさと下に落ち、細かい砂が舞い上がった。作業員は砂埃《すなぼこり》が落ち着いてから、開いた穴の中を覗き込んだ。

「金属のようなものがあるな、ちょっと待っててくれ」

人一人がはいれるような深さの穴に、作業員は降りてみた。古い家の隅に立っていた枯れ木を取り除いたあとに、出てきたもの。もし、歴史的に価値のあるものだと、工事がストップしてしまう。工事遅延の場合、損害賠償もあるため、発注先ともめるだろう。

作業員はスコップをもらってそこを注意深く掘ってみた。がりりと切っ先が固いものを削る。

「なんだったあ？」

上から仲間が呼びかける。

「なんか箱みたいだ」

「お宝か？」

「どうかな」

赤錆《さ》びた鉄の箱は子供が両手を伸ばしたくらいの大きさはあった。高さは膝《ひざ》くらいまでで、むかし蔵にあったような長持ちの形をしている。試しに持ち上げてみようとしたが、見た目通りかなり重い。

「土ごとショベルで引き上げるしかないな」

作業員は穴から出ると、ショベルカーの運転手に向かって合図をした。ガラスの窓越しに運転手がうなずく。機械は鉄の指を伸ばし、面倒そうに穴の底の土を摑んだ。

「ゆっくりゆっくり」

作業員の指示でアームが持ち上がってゆく。その先端にはしっかりと鉄の長持ちがすくいあげられていた。

「よーし、おろして」

作業していた全員が周りに集まる。

「どうする？　上に連絡するか？」

「とりあえず開けてみて、なにか入っていたら連絡しよう。面倒なものだと、作業が中断する」

蓋には大きな錠前がついていたが、それは錆びてとれかかっていた。錠前を外し、二人が蓋の左右に取りつく。

「マスクしておけよ、死体かもしれないから」

別な作業員が脅すように言った。箱に取りついていた男もその手の話は聞いたことがあるので、おっかなびっくり持ち上げる。

「よいせ……っと」

蓋を半分ほど開けたとき、中から黒いもやのようなものが出たような気がした。だが、それはすぐに消えた。きっと埃《ほこり》だったのだろう、と作業員たちは蓋を全開にした。

「あれれ」

開ける前の期待が一瞬にして消える。箱の中はからっぽだった。泥と、なにか糸くずのようなものが散らばっているだけだ。

「なんだ。思わせぶりだったのに、からっぽだ」

蓋を開けた作業員は、身を乗り出して箱の中に散らばる黒い糸を拾い上げた。

「これ、動物の毛みたいだな」

長く黒く、太く、固い。

しかしそれは指の間ですぐにサラサラと崩れていった。

「箱が出たことだけ報告しておくか。これは不燃物で――」

そのとき、上の方で悲鳴が聞こえた。みんなが振り返ると、ショベルカーに乗っていた男が運転席から転がり落ちるところだった。

「おい、どうした!」

「なにやってんだ!」

地面にあおむけに落ちた男は、バタバタと手足を動かして地面の上を裏返った亀のように回った。

「い、犬がいたんだ。急に運転席に飛び込んできて」

男の言葉に仲間の作業員たちはみな首を回して辺りを見た。

「犬? 犬なんていないぞ」

「ほ、ほんとだ、見ろ!」

運転手は右手を持ち上げた。その手の甲には大きな噛み傷がつき、真っ赤な血が流れている。

「うわ、ひでえな」

さすがに周りの者も驚いた。救急箱！　と誰かが叫ぶ。

「噛まれたんだ、大きな口だった……」

運転手は手首を押さえ、ぶるぶると体を震わせた。


彼は三百年ぶりの大地を歓喜に震えながら走った。

長い長い間、鉄の箱に封じられ、あの木の根に押さえつけられ、苦しみしかなかった。だが、今はもう自由だ。

夜空に顔をあげ、喉の奥から声を迸《ほとばし》らせる。

大気が震え、周囲の動物たちから恐れの波動が感じられた。

さあ、どうしよう。

なにをしよう。

三百年ぶりの夜は、彼が知っていたときとは違っていた。こんなに明るくキラキラしていなかった。

あちこちに光が灯《とも》り、彼の目を煩《わずら》わせる。

彼は苛立《いらだ》たし気にうなり、通りかかった人間をその爪でひっかいた。

歩いてくる足に噛みついてみた。

人間たちの悲鳴を背中に聞きながら、彼は走り回った。

そうだ、なすべきことがある。

走っているうちに思い出す。

彼には使命があったのだ。

使命を与える人間を探そうと、彼は硬く細長い塔の上に昇った。黒い糸が張り巡らされていて、明るく白い光がついている塔だった。

彼は鼻先を夜の中に向けた。

見つけた。

彼に使命を与える念。それを放つ人間。

(死ね)

(殺してやりたい)

(憎い……)

そんな念を拾い、彼は大きな口を開けた。

さあ、狩りの時間だ。

一

「井の頭公園へ行きましょうよー、エンマさまー」

「行きましょうよぅ」

畳の上にひっくり返って新聞を読んでいた炎真を、司録《しろく》と司命《しみょう》が両側から引っ張る。

絶賛休暇中の地獄の閻魔大王、現世では大央炎真《だいおう》と名乗っている。その炎真を交互に揺するのは、地獄で死者の記録を扱う書記官だ。着物に似た、長い袖の派手な衣装を着て、男の子の司録は小さな帽子を、女の子の司命はたくさんの簪《かんざし》を頭につけている。

以前は用事があるときだけ呼んでいたが、最近は勝手に遊びにきている。すっかり現世が気に入ってしまったらしい。元々閻魔大王専属なので、彼がいなければ地獄で仕事はないのでかまわないのだが。

「井の頭公園へ行ったって、もう桜は終わっているぞ」

炎真たちが住んでいるのは武蔵野市にあるアパートで、大家は地蔵菩薩。三鷹の方が近いが、不動産案内には吉祥寺徒歩一五分と記載される。

「桜はもういいんですー。お池に行きたいのー」

「お池に行って、龍《りゅう》を見たいんですのよぅ」

吉祥寺のシンボル、井の頭公園。そこは豊かな緑と、江戸の昔から東京の水道として機能していた井の頭池がある。そしてその池には龍を目指す鯉《こい》が棲《す》む。

少し前に、炎真は池に祀《まつ》られている女神、弁財天に頼まれ、鯉が龍に変化するのを手伝った。しかし、結局うまくはいかなかった。なので池にはまだ龍になれない鯉がいるはずなのだ。

「おまえたちに見つけられるような間抜けじゃないと思うぞ」

炎真は新聞をパラリとめくった。自分で定期購読しているわけではなく、大家の地蔵が読み終わったものを持ってきてくれるのだ。

今朝の新聞には三鷹駅前の爆発事故の記事が載っていた。ビルで火災が起こり、それが原因で三階部分が爆発し、一〇人以上も死傷者がでた事故だ。

「いいんですよー、いるってわかってるだけでー」

「もしかしたら顔を見せてくれるかもしれないのぅ」

二人は炎真の腕をガクガクと揺すった。

「第一まだ龍になってねぇぞ」

「いいんですよー、ほとんど龍なんだからー」

「ざんてい龍ということでぇ」

炎真は降参して新聞を閉じた。

「わかったよ。いい天気だし、ブラブラするか。おい、篁」

炎真は地獄で自分の秘書をしている小野篁《おののたかむら》にも声をかけた。

「おまえも一緒にこい」

「はい、わかりました。でももう少し待ってくださいね」

篁は炎真たちを振り向きもしない。その目はテレビ画面に釘《くぎ》づけだ。

「この映画を観ちゃいますから」

画面では二匹の犬がスパゲティを食べているところだった。ディズニーの昔のアニメーション映画だ。

犬好きの篁は現世に来てからありとあらゆる犬の出てくる映画を観まくっている。

もちろん地獄へも持って帰るつもりなのだが。

炎真は二人の子供に肩をすくめてみせた。

「あと一時間はかかりそうだな」

「もー、篁さまってばー」

「篁さまってばぁ」

司録と司命は頬を膨らませたが、仕方なく篁の横に座って一緒に画面を見始めた。

平日の井の頭公園は、桜の頃ほどではないが、それなりに人がいた。老人が子供を連れて歩いていたり、主婦のグループがベンチで笑いあっていたり、友人同士がお弁当を食べていたりする。

ギターをかき鳴らして歌っているグループもいれば、瓶を放り投げジャグリングの練習をしている若者もいた。

吉祥寺に住むようになってから井の頭公園によく出かける。そのときはいつも近所の焼き鳥屋で何本か買う。歩きながら串を食べるのが、炎真のお気に入りだ。

「龍さーん」

「龍さぁん」

子供たちは柵《さく》から身を乗り出して池に向かって呼ぶ。三度のかいぼりで井の頭池の水は劇的に改善された。絶滅危惧種だった水草ツツイトモが池を覆うように繁殖し、澄んだ水の中にそれが揺れているさまは、モネの描く「睡蓮《すいれん》」の絵のようだった。

ときおり魚の群れが水草を揺らして泳いでゆく。

「やっぱり顔は出さねえよ」

二人の背後から池を覗いて炎真は言った。

「次の春まで力を溜《た》めて、今度こそ龍になるんだろう」

弁天の話によると、今まで何度も龍になる機会はあったのだという。だが、この周辺で難産の気配を感じると、そのたびに妊婦に力を分け与え、天に昇ることができなかった。あまりにも心優しい鯉だ。

「こいつが龍になったら日本中の小学校の運動会や遠足の日は、雨になんかならないんだろうなあ」

炎真は足元の小石を蹴った。石は池に飛び、波紋を作る。その波紋に応えるようにもう一つ、大きな波紋が広がった。

「あ、エンマさまー!」

甲高い声が聞こえた。同時にワンワンと太い犬の声。振り向くと、小学生の男の子と白い犬が走ってくる。

「あ、すばるだー」

「ヤマちゃんですぅ!」

司録と司命が飛び上がり駆けだした。

少し前に知り合いになった安藤昴《あんどうすばる》と飼い犬だ。販売用に犬を繁殖させ、飼育放棄していた男から助け出したラブラドールで、エンマの別名、ヤマと名付けている。

「エンマさまたちも散歩？」

ヤマは昴が立ち止まるとちゃんと横に腰を下ろす。ベロリと長い舌を出して、はっはと見上げた。

「ヤマちゃーん」

篁がとろけたような笑顔でしゃがみこみ、ラブラドールの顔を撫《な》でくり回した。鼻や口にキスをして抱きしめ、耳をかじる。篁の過激な愛情表現にも、ヤマは動じず、好きなようにさせていた。

「犬ができてるなあ……」

炎真は篁がヤマの背中に顔を押し付けてすうはあと匂いを吸い込みはじめたところで、襟首を摑んで引きはがした。

「いい加減にしろ。嫌われるぞ」

「す、すみません……」

謝罪の言葉は炎真にでなくヤマに向けられたものだ。

「目の前に触れる犬がいるとつい」

「篁さんにヤマが食べられるかと思った」

昴が笑いながらヤマの頭を撫でた。

「すばるー、ヤマちゃんをお散歩させていーい？」

「いーい？」

司録と司命がワクワクした顔で昴を覗き込む。昴はうなずいてリードの先を二人に渡した。

「池を一周させてきていいよ」

「ぼ、僕も行きたい！」

篁が鼻息荒く叫ぶ。

「いいですよね！　エンマさま！」

炎真が何も答えないうちに、篁はリードを司録から奪い走り出してしまった。

「ったくあいつは……」

池の周りを篁と二人の子供が走ってゆく。それを見送り、炎真は大きくため息をついた。

「篁さん、ほんとに犬が好きなんだねえ」

昴が笑う。

「ヤマとはうまくやってんのか？」

「うん、ヤマはいい子だよ。いい子すぎてちょっとかわいそうになる。もっとわがましてもいいんだけどなあ」

池の向こうで手を振る司録と司命に手を振り返しながら、昴が呟く。

「わがままっていえば、一度だけヤマが言うことを聞かなかったときがあったんだ」

昴は急に真剣な顔になって言った。

「でもそのおかげで僕は助かったの」

「ほう？」

「昨日、三鷹の駅前で爆発事故があったの知ってる？」

昴は声をひそめた。

「今日新聞で読んだな」

「僕、あのときあそこにいたんだ……」

昴はヤマと一緒に三鷹駅前のスーパーに来ていた。母親に頼まれた買い物があったのだ。

予定の買い物を終え、つないでいたヤマのリードを持ったとき、ヤマはその場から動かなかった。

「ヤマ、どうしたの？　いくよ」

声をかけても動かない。昴はヤマのリードを引いたが、愛犬は根が生えたように動かなかった。

「どうしたの――」

昴が再度声をかけたとき、目の前にドスンと大きな看板が落ちてきた。

「え?」

からだが固まって動けなくなる。頭上で大きな音がした。

上を見るとビルの窓からもくもくと黒い煙が出ていた。真っ赤な炎がぱっと噴き出している。

ガシャガシャと激しい音を立て、ガラスが歩道に落ちてきた。

一瞬、不思議に音がなかった。

急に子供が泣き出し、それから周りが悲鳴と怒号に満ちあふれた。

「救急車!」「テロか!?」「爆発——!」

くいっと手がひっぱられ、見るとヤマがこちらを見上げていた。ひっぱったのはリードだった。

「ヤマ……」

ヤマは鼻先を昴の手の甲に押し当てた。ひんやり冷たく湿った感覚。そこからようやく体中に血が巡りだしたように感じられた。

「大変だ……」

今更ながら足がガクガクする。あのときヤマが止まらなかったら、今頃は看板の下敷きになっていたかもしれない。

クゥーンとヤマが小さな声で鳴いた。その目が不安そうだったので、昴はしゃがんでヤマの首を抱いた。

「大丈夫、大丈夫だよ。ヤマ、ありがとう」

ヤマの体が小刻みに震えている。目の前の大騒ぎに怯《おび》えているのかと思ったが、ヤマの目は反対側の歩道を見つめていた。

「ヤマ？」

ヤマのしっぽが丸くなり、足の間に入っている。彼を家で引き取ってから、こんな怯えようは初めてだった。

「どうしたの」

昴はヤマの見ている方を見た。そこで見たのは――

「犬だったんだ」

昴はどうしようという顔で炎真を見上げた。

「犬？」

「うん。黒くて大きな犬。でも変なんだ。そんな大きな犬がいるのに、周りの人は誰も気づいていないみたいで」

首輪もリードもなかった。犬は騒いでる人々を見ていて、それから悠々とした足取りで歩道を進んでいき、やがて消えた。

その犬が消えるまで、ヤマは怯えたままだった。

「エンマさま。あの犬は幽霊だったのかなあ？」

「犬の幽霊というのもいないことはないが……」

動物霊は炎真の管轄外だ。篁に聞けば喜んで教えてくれるかもしれない。

「万が一また見かけたら、教えてくれ」

「わかった！」

昴は元気よく答え、池の対岸から手を振ってくる篁たちに手を振り返した。


その晩は月がなかった。湿った風が吹いていて、どこからかものが腐ったような臭《にお》いがした。

一人の学生が駐車場の隅で三人の男に殴られていた。

男たちは学生の鞄《かばん》を逆さにして、中に入っていた教科書やノートをばらまき、それを足で踏みにじった。

財布を奪い、携帯電話を奪い、抵抗するとまた殴った。

「返して……返してくれよお……」

泣きながらすがりつく学生の腹を男の一人が蹴りあげた。

「おとなしく金を持ってこないからだ」

「おまえが悪いんだろ」

「いいか、明日も持ってこないと、おまえの家に火をつけるからな」

三人は笑いながら学生を蹴り付けた。学生の制服は男たちの靴跡で白く染まった。

「……ちくしょう……」

笑いながら去っていく男たちの後ろ姿に学生は呟くしかなかった。

「なんで……あんなやつら……なんで生きてるんだ……なんで、なんで」

悔し涙が頬の汚れを流す。

「死ねばいい……だれか……だれかあいつら……ぶっ殺してくれよぉ……」

その学生の視界を黒いものが覆った。一瞬目が見えなくなったのかと思ったが、そうではない、なにかが立っているのだ。

「な、なに？」

ふさりと動いたそれは尻尾のように見えたが、姿を確認する前に消えてしまった。

三人の男たちは駐車場を出て、駅へ向かった。線路脇に飲料の自動販売機が明るく輝いている。

「一仕事したらのどが渇いちまったよ」

一人が奪った財布から小銭を出し、自販機に寄った。

「おごるぜ？　なにがいい？」

飲料ボタンにうろうろと指をさまよわせ、男は仲間たちに聞いた。だが返事はなかった。

「なんでもいいなら俺の好きなやつにするぜ」

そう言ってボタンを押すと、ピロピロピロピロと機械的な音がして「当たりですー」とかわいい女の子の声が響いた。

「すげっ、やった！　当たった！　当たったぜ！」

男は取り出し口からジュースを取り出し、ピカピカと光っている自販機のメニューを見た。

「やっぱ日頃の行いがいいからなあ！　おい、おまえらなんにする？」

はしゃいで振り向くと仲間の姿はなかった。

「あれ？　おい、どこいったんだよ」

自販機の明るさから目をそらして暗がりを見ると、地面に二本の足が見えた。その足から上に視線を向けたとき、男の手から缶コーヒーが落ちた。

からだの上に首がなかった。

「……っ」

かぼそい声が自分ののどから漏れたものとは思えなかった。

ぽとり、と温かいものが頬に落ちる。首に重りがついているかのように上を向くのがむずかしかった。

ようやく見上げたとき、そこに黒い犬と人がいた。黒い犬は電線の上に乗っている。人はその口にくわえられていた。ポタポタと垂れているのは血だ。

男はへなへなと地面に頽《くずお》れた。犬は体を揺すると顔をあげてくわえた男を振り上げた。

地面の男は仲間の一人が自分めがけて落ちてくるのをぼんやりと見ていた。

二

「ばるちゃーん！」

その呼び名に安藤昴は飛び上がりそうになった。振り向くと、やはりクラスメイトの錦織幸《にしきおりさち》だ。

幸とは幼稚園のとき一緒に遊んだ仲で、「ばるちゃん」「さっちゃん」と呼び合っていた。成長するにつれ、幸も「安藤くん」と呼ぶようになってくれたが、二人きりのときは昔の呼び方をする。

「に、錦織さん。なにか用?」

小学四年生ともなれば、ちょっとは意識してしまう。女の子と下校途中でしゃべっているのを見られたら、明日、きっと冷やかされる。しかもばるちゃん、なんて、特別な呼び方をされたら……。

でも錦織幸は昔からずっとかわいいし、ほんとはもっと一緒に遊びたいのだ。

「うん、あのね、安藤くんち大きな犬がいるでしょう」

「あ、うん。ヤマのこと?」

なんだ、ヤマのことか、と昴は少しがっかりする。幸は大きな目を見張り、昴のすぐそばに寄った。

「ヤマって言うの? かわった名前だね」

「う、うん。ヤマはね、閻魔大王の別名なんだよ」

幸はきょとんとした。

「閻魔? あの地獄の? なんでそんな名前なの?」

「え、閻魔って強いからさ……うちのヤマがなに?」

「あ、あのね、」

　幸はぱっと顔を明るくして、さらに昴に顔を寄せてきた。

「うちにもこないだからおっきな犬がいるの」

「へ、へえ」

　昴は幸が寄ってきたぶん、からだを引いた。

「黒くって毛が長いの。レトリーバーのミックスで盲導犬だったんだって」

「盲導犬？」

「うん。長いこと目の見えない人のお手伝いをしてたんだけど、もう年をとったからお仕事を卒業して普通の犬に戻るの。それでパパが引き取ったの」

　盲導犬なら昴も知っている。人の目の代わりになって導く、犬の中のスーパースターだ。

「じゃあきっと頭いいんだね」

「うん。すごくおとなしくてかわいいの。だけどうちは大きな犬が初めてなのね。だからばるちゃんにいろいろ教えてもらおうって思って」

　幸は上目づかいで昴を見た。最近こんな近くで彼女の顔を見ていなかった昴は、いつの間にかきれいになっている幼馴染《おさななじみ》にどきどきした。

「ぼく、お、俺だって犬は最近飼い始めたばかりだし……」

「一緒に散歩とかいけるといいかなって」

ぱあっとからだの中から熱いものが飛び出したような気がする。昴は勢い込んで言った。

「う、うん。それはいいかもね！　ヤマもおとなしくてお利口だから、きっといい友達になれるよ！」

「うん！　明日の土曜、一緒にお散歩しない？」

「うん。じゃあ井の頭公園行く？」

思いつくのがそこしかない自分の発想の貧困さ！

「行く行く！　二時くらいでいい？」

「わかった。あ、それでさ、その犬の名前なんていうの？」

幸はにっこりわらった。

「うん。ラブって言うの」

昴は家に走って帰った。玄関を開けるとすぐにヤマがリビングから顔を出す。

「ヤマ！　明日は井の頭公園に散歩いくぞ！」

昴はヤマの太い首にしがみついた。

「錦織と一緒に散歩だ。あいつの犬ラブだって。ラブラドールだからラブなのかな、単純だな！　ばっかみてえ！」

悪口を言いながら、顔から笑いが消えない。胸がどきどきして、体中がくすぐったいみたいで昴はげらげら笑った。

「なあ、ヤマ！　おまえだってあたまいいもんな！　ぜったいラブなんて甘ったるい名前のやつに負けんなよ！　おまえの方が絶対、絶対かっこいいからな！」

ヤマは長い舌でペロペロと昴の頬をなめた。

「おまえも嬉しいか？　でも、このことはママには内緒だ。男と男の約束だからな！」

ママにばれたらなんかいろいろ言いそうだからな、もし行っちゃいけないとか言われたら、どうしよう……。

秘密にしておきたいのに、両親に教えたい気もする。夕食のとき、昴は口を滑らせないように、おかずをやたらと口に入れ、母親の眉をひそめさせた。

寝る前には明日着ていく服を何着か床に並べてみる。学校に着て行っていない服を着たいと思ったのだ。

「っていうか、僕、服そんなに持ってなかった」

結局普段着ている服になってしまったが、靴下だけはカラフルなものにしてみた。

「見えないところに凝るのがおしゃれだって、パパが言ってたしな」

ベッドの上のヤマに話しかけると、あくびを返される。

「おまえなー。おまえだって明日、元盲導犬ってやつに会うんだからな。少しは緊張しろよ」

そんなことより早く寝ましょうよ、と言うように、ヤマは布団の中に潜り込んでしまった。

「おはようございます。エンマさま、はいりますよ」

地蔵が元気よく言って、入り口のドアを開け、入ってきた。

「誰も入っていいとは言ってねえ！」

「私は大家ですから、店子《たなこ》の部屋に入る権利はあります」

地蔵はスタスタと居間まで来ると、手にした新聞で炎真の頭を軽く叩《たた》いた。

「今日の新聞ですよ」

「ああ」

受け取ろうと手を伸ばした炎真に、地蔵は新聞を渡さなかった。そのままちゃぶ台の前に座り込む。

「おいっ」

「気になる記事があるんですよ」

地蔵は新聞を開いた。篁がそばに寄って覗き込む。今朝は司録と司命はまだ現れていなかった。

「なんですか？」

「この記事です」

地蔵の細く長い指が示した記事を篁が読み上げる。

「警視庁は、未明、三鷹市○町で無職男性（一八歳）と学生二名（ともに一八歳）が死亡しているのが見つかったと明らかにした。遺体のひとつは首を切断、ひとつは内臓に噛み傷、ひとつは全身打撲など複数の外傷があったことから、殺人事件として捜査を
――え？　噛み傷？」

篁が顔をあげ、地蔵と炎真を見る。

「その噛み傷、どうやら人間のものではないようなんです」

「いや、人間が噛んだって方が怖いですけど――なんなんですか、まさか」

「犬です」

そう告げた瞬間、篁は顔を押さえて畳の上に倒れた。

「犬が、まさか犬がそんなこと！」

炎真はちゃぶ台の上にひじをついて、新聞に顔を近づけた。

「ほかにも詳しい情報持ってるんじゃないのか？　警察に世話になってるんだろ？」

「誤解を招くような言い方はしないでください。ちょっとお偉いさんとつながりがあるだけです」

前に八王子の大地主である老婦人を助けたとき、地蔵が警察の上の方と連絡をとって、不審者扱いされた炎真を助けたことがある。

「私が聞いたところでは、この全身打撲……、どうも死体を何度もぶつけられているようなんです」

「意味がわからねえな」

「つまり死体を振り回してぶつけるという……いわば、凶器に使っているんです、普通の人間にはできません」

「犬にだってできませんよ！」

篁ががばっと身を起こして叫ぶ。地蔵は篁に優しい笑みを見せて宥《なだ》めた。

「犬がやったとは言っていません。でも特殊な事件です。そしてこうしたおかしな事件や事故が最近続いているんです。先日の三鷹の爆発事故や、ニュースにはなりませんでしたが、いくつかの傷害事件があります」

三鷹の爆発事故、というところで炎真は昴から聞いた話を思い出した。

「黒い犬……」

「なんです？」

「犬がどうしたっていうんです」

篁が嚙みつきそうな勢いで聞く。

「いや、三鷹の事故の時、昴が幽霊のような黒い犬を見たって言うんだ」

「幽霊のような？」

「黒い犬？」

「そこへきて今度は犬の嚙み傷だ。もしかしたらつながっているんじゃねえか？」

地蔵はさっと立ち上がった。

「もう少し詳しく聞いてみましょう。犬関連に絞ればなにか関連性がわかるかもしれません」

「じ、地蔵さま。犬は、犬はそんな悪いことしませんよ。ホワイト・ドッグっていう名作映画がありましてね、白人至上主義者が黒人だけを襲う哀《かな》しい犬を作るという映画で……あああ、地蔵さまあああ」

篁は地蔵に追いすがったが、着物の裾を摑ませもせず、地蔵はドアから出て行った。

「黒い犬が本当に幽霊だったら、地蔵の奴《やつ》、また俺に仕事をさせそうだな」

「犬は悪いことしませんよ、させるのは人間や、環境だけなんです……」

閉まったドアに向かって篁はブツブツ言い続けた。

三

午後二時少し前。

昴はヤマのリードを握りしめて井の頭公園の池のほとりに立っていた。

とりあえず池のそば、とだけ決めていたのだが、池自体が広い。

「広すぎるよな」

いったい錦織幸はどこから来るのか。どんな服を着て、どんな風に現れるのか。

「なあ、ヤマ。同じ教室の女の子と外で会ったらどう言えばいいんだ？」

急にそんなことが心配になる。幼馴染とはいえ、ずっと一緒に遊んでいないのに。

クラスで会話するだけけだ。

会ったら「こんにちは」って言うのかな。学校だと「おはよう」って言えばいいけど……。幸が「ばるちゃん」と呼ぶなら自分も「さっちゃん」と言った方がいいのだろうか？　けれど、女の子をちゃんづけして呼ぶなんて恥ずかしいし。

「なんか『こんにちは』って間抜けじゃないか？」

ヤマはひとつだけの茶色く澄んだ瞳で熱心に昴を見つめている。いつでもどんな話でも、ヤマはちゃんと聞いてくれる。その理性的な瞳を見ていると、昴もだんだん落ち着いてきた。

「まあ、大丈夫だよな、なるようになるさ」

うん、とヤマにうなずくと、ヤマも応えるようにしっぽを振った。

そのヤマが、急にびくっと頭を回した。さっと立ち上がり、昴の前に立つ。足を踏ん張り、頭を低くして唸《うな》りだした。

「ヤマ？　どうしたんだ」

ヤマの全身が震えている。前足に力がはいり、爪が地面に突き刺さった。

「ヤマ？」

ヤマが見ている方に視線を向けると、黒い犬と女の子がいた。錦織幸と、飼い犬のラブだ。幸は昴に向かって手を振った。

「あれ……あの犬……」

大きい。

確かに大きな犬だった。ふさふさとした艶のある長い毛。大きな頭。レトリーバーとのミックスということだったが、かなりの大きさだ。

しかし、まったく幸をひっぱらず、おとなしく歩いてくる。

対照的にヤマは獰猛《どうもう》に歯を剝いて、戦闘態勢に入っていた。昴が聞いたこともないような恐ろしい声で唸っている。

「……ばるちゃん」

幸はそんなヤマの姿にうろたえて立ち止まった。

「ヤ、ヤマ！　やめろ、俺の友達《や》だよ」

だがヤマは唸ることを止めない。ますます頭を低くして今にも飛びかかりそうだ。

「ヤマ、どうしたんだ！　いい子だろ！」

ヤマが吠《ほ》える。太い声でラブに向かって吠えたてた。

「ご、ごめん、さっちゃ……錦織さん！　ちょっとヤマが興奮しているみたい」

「う、うん。こっちこそごめんね。相性ってあるもんね」

幸はラブのリードを引いた。ラブの方は吠え続けるヤマを見てもなんとも思わないのか、おとなしく方向を変える。

「ごめんね！」

昴は幸の後ろ姿に向かって叫んだ。幸は肩越しに振り向くと、小さくバイバイと手を振ってくれた。

一人と一匹の姿が見えなくなり、ようやくヤマは吠えるのを止めた。

「ヤマ！」

昴が怒鳴るとヤマはぺたん、と地面にしゃがみ、頭をつけた。そのからだがブルブル震えている。しっぽは完全にからだの下になっていた。

「どうしたんだよ、今まで他の犬に吠えたことなんかなかったのに」

ヤマは「クゥーン」と小さく鳴き、泣きそうな顔で飼い主を見上げた。

「――おまえ、ひょっとして怖かったのか？」

頭を撫でると、ヤマは弱々しく鼻を鳴らして、ぺろぺろと昴の手をなめた。

「あ、」

思い出した。大きいということを真っ先に思ってしまったので忘れていたが、あの犬に似た姿を以前見かけたことがある。

「三鷹駅前の……」

あの事故のとき、反対側の歩道を歩いていった犬だ。あのときは毛があんなに長くなかったような気もするが、印象がよく似ている。あのときも、こんな風にヤマは怯えて震えていた。

「まさか」

幸は最近引き取ったと言った。最近というのはいつだろう？

「ヤマ、おいで」

昴が声をかけると、ヤマはよたよたとした足取りで立ち上がった。

幸とラブがいた場所まで引っ張ってゆく。

犬の足には汗腺があり、それで匂い付けをすることもできる。犬が地面の匂いを嗅ぐのは、ほかの犬の足跡の匂いを嗅いでいる場合もあるのだ。

しかし、ヤマはラブのいたところに近づこうともしない。顔をそむけ、後ろにからだを引こうとする。普段なら喜んで匂いを嗅ぎに行くのに。

「ヤマ、あの犬がそんなに怖いの？」

元盲導犬。おとなしくてきれいな犬。ヤマが吠えてもまったく動じなかった。

「あの犬……ふつうの犬じゃない？」

昴はヤマの首を抱いた。この賢くて優しい犬がこんなに怯えるなんて、尋常じゃない。

おとつい炎真に会って、黒い犬の話をした。炎真は犬の幽霊もいると答えてくれた。もし、あの犬がその幽霊の犬だったら。

「どうしよう。エンマさまに言った方がいいのかな……」

もしまた見かけたら自分に言えと炎真は言った。だが、昴は炎真の連絡先を知らない。

「偶然会えるまで待てってこと？」

けれどその時まであの黒い犬を放っておくことはなんだか心配だ。

「――そうだ」

炎真と一緒に悪徳ブリーダーを退治した人の中に、地蔵がいた。

「地蔵さんなら、もしかしたら、連絡がつくかもしれない」

昴はヤマのリードを振った。

「行こう、ヤマ！」


「ラブちゃん、今日はお疲れ様だったね」

錦織幸は愛犬の頭を撫でた。ラブはリビングのソファの横に前足を投げ出し、目を閉じて幸の手を受けている。

「ばるちゃんちの犬、ワンワン言ってて怖かったね。全然お利口じゃなかった。ラブは我慢しててえらいね」

艶《つや》やかな長い毛を撫で、幸は犬の首筋に顔を埋める。

「大丈夫よ。ラブはわたしが守ってあげるからね。ずっとご主人さまを守ってきたんだものね。うちではのんびりしていいんだからね」

幸は顔をあげ、ラブの尻の方を見た。

「ラブちゃんはまだわたしに尻尾振ってくれないんだね……」

錦織家に引き取られてから、ラブはまだ誰にも尻尾を振っていない。しかし命令語には従うし、吠えもせずおとなしいので、一家の信頼は得ていた。

幸はラブの頭から首、背中を伝って長い尻尾までそうっと手を滑らす。

「ラブちゃん。これからも仲良くしてね」

母親がキッチンで呼ぶ声がしたので、幸は立ち上がった。バイバイと手を振る小さな人間を見送ったあと、ラブは顔を前足の中に埋めた。

ラブは──彼はとまどっていた。

三百年間生きてきて、初めての匂いの正体が摑めない。

今まで、自分に向けられる人の匂いは恐怖と嫌悪だ。憎しみと殺意だった。

だが、この家の人間は、優しく穏やかで温かい。

この家は仮の宿のはずだった。

封じられていた鉄の箱から出た後、何人かを狩った。それは彼の使命に基づくものだった。

人の殺意を受け、人を殺す。

それだけが彼の作られた理由なのだ。

そのあと、さすがに三百年の時の重みが疲れを生み、一時的に身を隠す場所を探した。

街の中を彷徨《さまよ》い、昔の自分と似た黒い犬を見つけ、それに取《と》り憑《つ》いた。少し休んだらすぐに出て行くつもりだったが、向けられる穏やかさにずるずると居ついてしまった。

彼らが発するこの匂いはなんだろう？

いいこ、と言われ、かわいい、と言われ、おりこう、と言われ。

そんな言葉が心地よい。

彼らの命令は簡単だった。おすわり、まて、ふせ、おて、ハウス。その通りにすればいいこいいこと頭を撫でられる。

いいこ。

意味はわからないが気持ちがいい。

とくにあの小さな人間が自分に向ける匂い。背中が温かくなってうっとりとしてしまう。

彼らが自分に命じてくれればいいのに。そうしたらどんなに強い相手でもすぐに命を奪ってやる。

しかしその命令は発されなかった。それが不満だ。

彼は夜になると使命を求め、こっそりと家を出た。窓の鍵の開け方は一度見れば覚えたから、夜中に抜け出すのは簡単だった。

そして町を走り殺意を求めた。

どんなに時間がたっても殺意は大地にあふれている。

殺せ、死ね、憎い、悔しい。

彼は殺意を飲み込み、それを放った人間の思う相手を傷つけた。

使命を！　もっと使命を！

人の命を狩るごとに、彼の欲求はふくれあがる。満足することがない。

彼は「うふう」と息をこぼし、前足を舐《な》めた。

もっと強くなり、自分の力を知れば、あの小さな人間は自分に使命を与えてくれるかもしれない。それを果たしたとき、この際限のない憎しみも消えるかもしれない。

そのときのことを思い、彼は期待にあふれて目を閉じた。


昴は井の頭公園を出て、南町にきていた。無印良品の脇の道を通った先のビル、それが目的地だ。

赤い柱のそのビルの一階に、吉祥寺御縁地蔵が祀られている。以前、母親に教えてもらっていた。ここに優しいお顔のお地蔵さまがいらっしゃるのよ、と。

昴はビルの外にヤマをつなぐと、地蔵尊の前に立った。手をあわせ、頭《こうべ》を垂れる。

（お願いです、エンマさまに会わせてください。どうしても話さなきゃいけないことがあるんです。錦織の飼っている犬を調べてほしいんです。もしヤバイやつだったらどうしよう。お願いします、お願いします！）

パンパンと手を打って、あれ？　手を叩くのって神社だっけな、と思い返す。

地蔵の錫杖《しゃくじょう》には紅白の紐《ひも》がたくさん結んであった。これで縁結びをお願いするのだというのも聞いたことがある。

「お賽銭《さいせん》、いるのかな」

幸と会うとき、必要になるかもしれないと財布は持ってきていた。その中を覗いて昴は絶望した。

五〇〇円玉しかねえじゃん！

小学四年生にとっては大金だ。

「くっそう……、エンマさま、なんでスマホの番号教えておいてくれないんだよ！」

震える手で薄く金色がかった硬貨を取り出したとき。

「お賽銭はけっこうですよ。昴くんの大事なお小遣いでしょう？」

背後から優しい白い手が伸びてきて、硬貨を握った手を包んだ。

「地蔵さん！」

昴の後ろにいたのは地蔵だった。

「よかった！　僕のお祈り届いたの？」

「はい。エンマさま、という声が聞こえましたからね。それに昴くんには前にお世話になりましたし」

地蔵はきれいな笑みを見せた。目の前の御縁地蔵も優しい微笑《ほほえ》みを浮かべているが、地蔵の微笑はうっとりするほどだった。

「エンマさまにお話ししたいこととは？」

地蔵に聞かれてぼうっとその顔に見とれていた昴は、ようやく我に返った。

「あ、あの、犬のことなんです！　お願いします、調べてください！」

四

深夜を回ったとき、彼は顔をあげ、のそりと起き上がった。

同じ部屋にいる小さな人間は、ベッドと呼ばれる箱の中でよく眠っている。一度頬を舐めてみたが、起きなかった。

彼は後足でたちあがると、窓のクレセント錠を鼻先で押し下げた。前足で器用に開け、屋根に飛び出す。そのまま駆けだそうとしたが、止めて、窓をきちんと閉めた。

顔をあげ、使命を探す。

今夜も世界には悪意が満ち満ちている。

彼は長い舌で口の周りを舐めた。

さあ、狩りの時間だ。

屋根から電線にひと飛びする。この空中に張り巡らされた鉄の線は、人に気づかれず移動するには向いている。彼はそれを伝って風のように駆けた。

すぐ近くで大きな殺意が弾けた。何人かの匂いをかぎ取る。互いに憎みあい、攻撃をかけあっているようだ。

彼の胸の中に昏《くら》い興奮が沸き上がる。数が多ければ多いほど、殺戮《さつりく》は楽しい。

電線の上で力を溜め、彼は一気にからだをはねあげた。


安藤昴は誰かに呼ばれた気がして目を覚ました。

ベッドに起きあがると、ヤマが立ち上がり、うろうろと部屋の中を歩き回っていた。

「ヤマ、どうしたの？」

ヤマは昴の方を一度見ると、窓に鼻を押し当て、ピスピスと笛のような音を立てた。

昴はベッドから出て、ヤマの首を抱えた。

「外になにかあるの？」

カーテンを開け、窓も開ける。

空をひっかいたような細い月が見えた。

ヤマは窓から顔を出し、匂いを嗅ぐように右に左に顔を振る。

「……なんだろう、胸がドキドキする」

昴はぎゅっとヤマの首輪を握る。

「ヤマも、胸が苦しいの？」

犬は窓に前足をかけ、このまま外に飛び出しそうな勢いだ。

昴は月を見上げ、ヤマの澄んだ目を見つめ、暖かなベッドを振り返り――

決意した。


吉祥寺には公園は井の頭公園ひとつだけではない。この夜、町内の小さな公園で、二つのグループの抗争があった。

どちらも武蔵野を根城にする半グレ集団だ。

Aというグループのアジトを襲おうとしていたBグループが公園に集まっていたと

ころを、情報を仕入れたAグループが逆に襲撃したのだ。

人数はほぼ同じ、武器もお互い鉄パイプや金属バット、飛び出しナイフという、まるで鏡に映したようにそっくり同じだった。同族嫌悪というのか、前々から小競り合いを繰り返していたが、今日、この日で決着をつけようという狙いもまた同じだった。

しかし互いに完全に終了するとは、思ってはいなかったはずだった。

「うわっ！」

Bグループに属する佐々木《ささき》という男が足を滑らせて尻餅をついた。その頭をめがけて敵が鉄パイプを振りあげた。それが自分の頭を砕くと観念して、佐々木は目を閉じた。

だが、衝撃はやってこなかった。恐る恐る目をあけると、相手は両腕を振りあげたまま動きを止めていた。その両腕の間の頭が、背後からの手によって摑まれている。

「離せ！　なんだ、てめえ」

相手が叫んだがその手は動かなかった。その肩越しにひょいと見知らぬ顔が覗いた。

「おい、おまえ。早くここから出ていけ」

見知らぬ男が言う。驚いたことに、その後ろから小さな子供も顔を覗かせた。

「とっとと逃げないと死にますよー」

そのとたん、別な方向で悲鳴があがった。

振り向くと、仲間の一人、加藤《かとう》が肩を押さえて転げ回っている。腕がおかしな方向に曲がっていた。

加藤の前に立っているのはスーツを着たほっそりとした男だ。ホストのようなその優男は、別の人間が振り回す鉄パイプを、あっさりとはねのけ、顔の真ん中にこぶしをたたき入れた。

「うをっ！」

鉄パイプの男は鼻血をまき散らして地面に倒れる。

「おい、篁。気絶させるなよ、面倒だから」

男が捕まえていた相手の額に、片手で軽くデコピンする。そのとたん、その体がふっとんだ。

「すみません、エンマさま。人間相手は久々なもので」

篁と呼ばれた男ははにかむような笑みを見せた。

佐々木は自分を助けてくれたエンマという男が、別の男を一メートル以上蹴りあげるのを呆然《ぼうぜん》と見ていた。

「早く逃げるですよぅ。ここに怖いものきますからぁ」

別の子供たちが腰が抜けた状態の佐々木の腕を引っ張る。佐々木は両手を使ってなんとか起きあがった。

「お、おまえら、なんだ？」

「地獄のエンマさまご一行さまでーす」

小さな子供たちはにんまり笑うと、再び抗争している男たちの中に駆け込んでいった。

「おまえら、さっさと逃げろ！　大きな呪いがこっちに向かってきてるからな」

炎真が怒鳴るとAB両方のグループの頭《ヘッド》がナイフをひらめかせて近づいてきた。

「てめえら、なにもんだ！」

「よくも邪魔してくれたな！」

司録と司命が呆《あき》れた顔で肩をすくめる。

「エンマさまー、この人たち、聞く耳もってませんー」

「おばかさんですぅ。アリさんだって危険が迫ればにげだすのにぃ」

炎真は髪に指をつっこんでバリバリとかき回した。

「いっそこのまま放っておいて殺させた方が世間のためか？」

「そんなこと言うと地蔵さまに怒られますよ」

炎真はすたすたと頭に近づいた。すぐそばまで来た彼に、頭が「わあああっ」とわめいてナイフを繰り出す。炎真はそのナイフをひょいと指先で摘まんだ。

「な、なにぃ!?」

「地獄の王に刃物を向けるとは、いい度胸だな」

炎真は薄笑いを浮かべて言った。

押しても引いてもびくともしない力に、さすがの凶暴な男たちも顔色を変える。

「次はないぞ、さっさとこの場から退《ひ》け」

炎真がそう言って指を離すと、ナイフを持っていた男は尻餅をついた。

「き、きさまっ　覚えてろ！」

「焦らなくてもそのうち地獄で会えるさ」

そのとき背後で恐怖に塗り潰された悲鳴があがった。地面に倒れた男の腕が消えている。恐ろしい勢いで血が噴き出していた。

「ちっ！　もう来やがった！」

炎真は視線を上に向けた。公園を照らす照明の上に、大きな黒い影がある。

「みんな、逃げて！」

篁が叫んだのと黒い影が地面めがけて飛び降りたのが同時だった。

「ああっ！　これ以上犬に罪を犯させたくないのに！」

篁が顔を覆い、絶望的な声をあげた。

恐怖だけの悲鳴が上がる。黒い犬の牙が次々と男たちを襲いだしたのだ。

「た、たすけて！」

「警察！　警察呼べ！」

炎真は男たちの横をすり抜け、今しも倒れている男の首を嚙みきろうとしている犬に飛びかかった。

「もうやめろ！」

炎真が犬の頭の毛をひっぱり、犬の下になっていた男を篁が引きずり出す。犬はうなって炎真の手を振りほどこうとしたが、かなわなかった。

炎真は犬を両腕で抱え込んだ。

「おまえはただの呪いの念だ。とっくに死んでいるんだ。さっさとあの世へ行け！」

犬は全身の筋肉で暴れようとしたが、炎真の腕はまるで鋼鉄の輪のように犬のからだを締め付ける。

「エンマさま！　その犬のからだはラブちゃんですからね！　酷《ひど》いことはしないでくださいよ！」

篁が焦った様子で叫ぶ。炎真は舌打ちすると腕の力を少し緩めた。首だけ自由になった犬は、頭を振って炎真に嚙みつこうとした。

「エンマさまぁ、人間たちはみんな引き揚げたみたいですぅ」

「もういなくなりましたー」

司命と司録が走ってきて報告した。公園のあちこちに血のあとや、鉄パイプなどが落ちているが、人の姿はもうなかった。

「よぉし。あとはおまえだけだな」

炎真は腕の中の犬に向かって言った。

「さあ、その犬の中から出て、俺と一緒に地獄に行こう」

犬は歯をむいてうなり声をあげる。

「今なら俺の言葉もわかるだろう？　おまえはもうとっくに死んでるんだ」

いやだ、と犬は念で答えた。

〃おれはしめいをはたすのだ。しめいをはたすためにおまえたちがおれをつくった〃

「おまえに使命を与えた人間もとっくに死んでしまった。おまえももう休んでいい」

〃いやだ、おれはようやくいばしょをみつけたんだ。あのちいさなにんげんといっしょに、あのちいさなにんげんのために、しめいをはたすのだ〃

炎真や篁の脳裏にあどけない少女の姿が映る。

「——さっちゃん？」

炎真の背後で声がした。驚いて振り返ると、そこにヤマをつれた安藤昴が立っていた。

「昴ちゃんー」

「こんな夜中にどうしたのぉ」

司録と司命が飛んでゆく。

「なんだか行かなきゃって気がして……。ヤマが、つれてきてくれたの。それより、いま、さっちゃんの姿が見えたけど……」

昴は公園の中を見回した。

「いない……」

「おまえが見たのはこの犬が見せた幻だ」

炎真は腕の中の犬を見せて言った。

「こいつは念の塊だからな。思っていることを映し出すくらいできる」

「念……？」

「そうだ。おまえが最初に見た犬の幽霊。それがこいつの正体だ。今はその女の子の飼い犬に取り憑いているんだ」

昴は一歩、近づいた。ヤマは足を踏ん張り、主人がそれ以上近づかないようにリードで引き留めている。

「さっちゃんのラブにとりついているの……」

〝おれは、あのちいさなにんげんといっしょにいるのだ〟

犬の思いが昴の中に流れ込む。それは悲しいくらいの必死な思いだ。

「だめだ。おまえは呪いそのものなんだ。人間のそばにいると、その人間を殺してしまう」

炎真の言葉は犬に衝撃を与えた。

〃うそだ、うそだ！〃

「本当だ。俺にはおまえがどんなふうに作られたかわかる。おまえは――蠱毒《コドク》の犬だろう」

炎真が言った瞬間、昴の中に流れ込む映像が――犬の記憶があった。

どこかの村に集められたたくさんの犬。黒く背の高い壁の中に閉じこめられ、水も餌も与えられなかった。

弱いものから倒れていき、残ったものは殺しあい、食いあった。

そして最後に残った黒い犬を封師《ふうし》が殺した。

封師は犬の魂を地上にとどめ、自分の式神として使役した。多くの犬を殺した犬の魂は凶暴で、殺意と憎しみに満ちていた。

式神は封師の命じるまま、たくさんの人を傷つけ殺《あや》めた。そして封師は式神が必要なくなったところで鉄の箱に封印し、その上に松を植えたのだ。

式神は死なない。鉄の箱の中で荒れ狂い、怒りに心を傷つけながら長い長い時間、待っていたのだ。

再び使命を果たす時を――

「そんな」

昴の手からリードが離れた。

「犬をそんなふうに……作るなんて」

「犬は――犬には罪はないんです。人間がそんなふうに育てるんです！」

篁が顔をゆがめ、苦しそうに叫んだ。

「その子にも罪はありません！」

「だがな、おまえは蟲毒の犬。おまえの存在自体が呪いなんだ。その女の子を大事に思うなら、消えた方がいい」

炎真は犬の頭に手をやろうとした。だが、犬はその手に食らいつこうとする。

〝おれは、あのちいさなにんげんになでられたいだけだ。あのにんげんのてはきもちいい。あのにんげんのてがほしいんだ〟

犬の声は泣き出しそうな子供のようにも聞こえる。

「……さっちゃんはおまえのこと、大好きだよ」

すぐそばに昴が近づいてきていた。背後でヤマが鋭く吠えているが、ゆっくりと黒犬に近づいている。

「ごめんね……人がおまえをそんなふうにしてしまったのに」

「昴ちゃん、あぶないですー」

「やめてぇ、昴ちゃん」

司録と司命が両側から昴に飛びつき動きを止めた。

「昴、こいつにはおまえの言葉は届かねえよ」

「でも、その犬はラブでしょう？　さっちゃんが大切にしてた、自慢の犬でしょう？　その犬だってさっちゃんのこと、好きなんだ」

〝すき？〟

犬は目を見張った。

〝すき？　すき？　すきってなんだ？〟

「好きを知らないの……？」

昴の横に、ようやく、という足取りでヤマがやってくる。しっぽは完全に足の間に入り、ひどく怯えながらもそれでも昴に寄り添おうとしていた。

「好きって……こういうことだよ」

昴はヤマの頭に手を置いて撫でる。

「さっちゃんも……おまえを何度も撫でただろう？」

温かく穏やかで優しい。そして知らない感情。あの小さな人間が向けてくる、背中がほんのりと温かくなる感覚。

〝すき？〟

「ごめんね……。人が……人間がおまえをこんなふうにしてしまったのに……おまえはさっちゃんが好きなのに……」

昴がラブに手を伸ばす。

「やめろ、昴！」

黒犬の頭が勢いよく振られ、その牙が昴の腕を狙った。ざぶり、と肉を噛む音がする。

「エンマさま！」

昴の目の前に炎真が手を出していた。黒犬の牙は炎真の腕に食い込んでいる。

「ああ、平気だ、気にすんな」

「でも、血が」

エンマは顔をしかめながらも唇の端をあげた。

「昴、こいつに言いたいことがあるんだろう？」

「僕は……」

た。

「言ってやれ」

ラブは炎真の腕から口を離さず唸っている。底がないほどに黒い瞳が昴を睨《にら》みつけ
　昴はごくりと唾を飲み、そっと手を差し出した。

からだを震わせたのは黒犬の方だった。昴の手が頭に載った瞬間、大きく震えた。

「いいこ……」

昴の目から涙がこぼれた。

「おまえはいいこだよ。ごめんね……おまえをこんなふうにしてしまって……ほんとうにごめん……」

頭をゆきさする小さな手。あたたかな手。人の手。

なぜこの人間は俺を撫でる。なぜ泣く。なぜこの人間から向けられる感情は温かく、優しいのだ。

俺は蠱毒。俺は呪い。俺は猟犬。

人の命を奪い、傷つけるだけの存在。

ああ、あの小さな人間、小さな命。あの命を俺は奪ってしまうのか。

「おまえは間違った使命を与えられたんだよ」

首を押さえている男が呟いた。くわえている腕からぼたぼたと血が落ち続けている

のに、この人間からは殺意も憎しみも感じない。

〝……〟

犬はゆっくりと口を開け、その腕から牙を抜いた。

間違った使命？　使命を果たすのが俺の存在なのに、それが間違っているのなら、
俺がここにいることも間違っている。

〝おれは、ここにいてはいけない〟

「そうだな」

〝おれはどこにいけばいい〟

「俺たちが連れていってやる。おまえが逝くべき場所に」

炎真は犬の首から腕を離した。犬はもう動かず、じっと立ち尽くしている。

〝ずっとふしぎだった。ずっとわからなかった。ちいさなにんげんがおれにむける、
おもい――すき？〟

黒い犬は頭をかしげる。

「そうだよ。すき、だよ」

昴はその頭を撫で続けた。

〝すき。すき？　おれも……すき、なのか？〟

「そうだよ。おまえもさっちゃんが好きなんだ」

ゆっくりと黒い尻尾が振られる。初めて振るかのようにぎこちなく、小さく。

〝すき〟

どんどんとその動きが速くなる。

〝すき――す　き　うれ　しい……〟

がくり、と黒い犬が地面に膝をつき、横になった。

「あ、ラブ！」

昴はあわててそのからだに触れる。

「大丈夫です。ラブの中から蠱毒の犬が消えたんです」

同じく駆け寄った篁がラブのからだを抱き上げる。

「僕はラブを錦織さんの家に運びます。昴くんはもうヤマと一緒に帰った方がいいですよ。あとエンマさま、その怪我《けが》を治療しないと」

司録と司命が液体の入った容器を取り出し、それを炎真の腕に塗った。

「薬師如来《やくしにょらい》さまの万能治療薬ですー」

「傷口もすぐに塞がりますよぅ」

二人は薄い布も巻き付ける。炎真は二、三度腕を振って具合を試した。

「借り物の器だからって乱暴に扱わないでください」

「ごちゃごちゃうるせえぞ」

炎真はぽん、と腕を叩いた。

「ラブは大丈夫なの？」

昴が聞くと、篁は体重三五キロ以上はありそうなラブを軽々と抱えて立ち上がった。

「ずっと蠱毒の犬に操られていたんです。しばらくは疲れて動けないかもしれませんが、飼い主の方たちが医者に診せてくれるでしょう」

篁がラブを運んで行く後ろ姿を見送り、昴は炎真に尋ねた。

「犬は――蠱毒の犬は、どうなったの？」

「魂は昇華した。もう彼岸《ひがん》へ逝ってしまったよ」

「あの子は――」

昴は目元をごしごし擦った。

「また生まれてくる？　こんどは誰も憎まない、幸せな生き方ができる？」

「それはわからねえ。でも可能性はあるさ……」

ヤマが近づき、そっと鼻先を昴の手に押し当てる。昴はヤマの頭を撫でた。

「僕、絶対に犬を幸せにする仕事をする。約束するよ、エンマさま」

「そうか。まあ、がんばれ」

そっけない炎真の言葉に、昴は力強くうなずき返した。

終

「ところで昴。ガキが真夜中に家を抜け出すたあ、感心しねえな」

炎真は怖い顔をしてみせた。

「こんな危険な場所にくるなんてもってのほかだ」

「胸がざわざわして眠れなかったんだよ。それに、エンマさまにラブのこと頼んでそのまんまっていうのはいやだったし」

昴は両手を司録と司命に引かれ、自宅への道を辿《たど》った。

「錦織さんの家へ行ったの？」

「ああ、一応行ったんだがな」

炎真は犬というのは外で飼われているものだと思っていたのだという。だから簡単に連れ出せるだろうと。

「最近はあんなでかい犬も家の中で飼ってんだな」

「そうだよ。うちだってヤマは僕の部屋にいるんだもの」

「だからあいつが自分で行動を起こすのを待ってたんだ」

炎真は秘密を打ち明けるように得意げに言った。

「家の中の気配であいつが呪いの塊……蠱毒だっていうのはわかったからな。蠱毒は人の殺意や憎しみに反応する。このあたりの死神たちを使ってでかい事件が起こらないか調べておいた。ちょうどいいイベントがあって助かったぜ」

「え？　もしそんな事件がなかったらどうするつもりだったの？」

「そのときはー、エンマさまってば適当な悪党を襲うつもりだったんですよー」

司録がケラケラ笑いながら言った。

「とりあえず相手を半殺しにしておけば憎まれますからぁ」

司命がかわいい顔でぶっそうなセリフを口にした。

「地蔵がそこまでやっていいって言ったんだ。あいつを野放しにしておくと人が大量に死んで俺の仕事が増えるからな」

なんでもないことのように言う炎真に昴は笑い出した。

「エンマさま、すごいなあ」

「やることおおざっぱですよねー」

司録がやれやれと肩をすくめた。

「まあ、その手の仕事は簡単だ。むずかしいのはあの犬を昇華させる方だ」

炎真は布を巻いた手で昴の頭を軽く叩いた。

「お手柄だよ、昴」

「え?」

「おまえがあいつを昇華させてやったんだ。人の心からの謝罪と優しさに触れて、あいつは憎しみを捨てた。人を好きになった。その瞬間に、蠱毒の呪いは解かれたんだ。人間が生み出した毒は人間にしか消せないんだよ」

「僕は……あの子がかわいそうだと思っただけだよ」

昴の言葉に炎真はもう一度その頭を撫でた。

「それは——俺にはできないことだからな」

細い月はもうずいぶんと低い位置に来ていた。


学校で昴は錦織幸と愛犬の話をする。幸はラブが急に元気をなくした、と心配していたが、最近は食欲も出てきて、散歩も長く歩けるようになったと喜んでいる。

「それに、いつも尻尾を振ってくれるようになったの!」

元気になったらもう一度ヤマに会ってくれる? と昴が言うと、幸はためらいながらも承諾してくれた。

蟲毒の犬が去ってしまえば、ヤマもラブに怯えないだろう。
幸は蟲毒の犬のことは知らない。だから自分が覚えておこう。
人を愛して消えてしまった憎しみの塊、呪いの犬――蟲毒……孤独な犬よ。
最後に振った尻尾はきっと幸のために。
（いつか戻ってくるといい……）
今でも昴は町の中に探してしまう。あの喜びに満ちた黒い尻尾を。

第三話

えんま様と雀のお宿

busy 49 days
of Mr.Enma

序

あ、また来てる、と小澤紗奈《おざわさな》は目を細めた。

最近、変わった着物を着ている男の子と女の子が、図書館の読み聞かせタイムに現れるようになったのだ。

毎週、火曜と木曜日、紗奈は図書館で児童書を朗読するボランティアをやっている。本職は役者のつもりだが、まだ名前がテレビ画面に映ったことはない。所属している小さな劇団では一応準主役まではつとめたことがあるが、「瓜《うり》の役」なんて恥ずかしくて人には言えない。

夕方からのコンビニのバイトで食いつなぎながら、今はせっせとオーディション通いだ。

図書館のボランティアはコンビニのバイト仲間のおばさんから教えてもらった。

「紗奈ちゃん、役者を目指しているんだし、子供たちの生の反応とか勉強になるんじゃない？」

目指しているんじゃなくてすでに役者なのだが、おばさんの中では朝ドラか大河ドラマに出るまでは、卵らしい。

観客の賞賛に飢えていた紗奈は、朗読のボランティアに興味を持った。子供なんておはなしをひとつ読んでやれば目をキラキラさせて喜んでくれるに違いない……。

しかし、現実はそう甘くなかった。

子供たちは紗奈の朗読に興味を持たなかったのだ。

「だって早口だし」

「おはなしつまんないし」

「かわのせんせーの方がじょーず」

正直すぎる言葉にショックを受け、子供たちに大人気の司書の河野《かわの》さんの朗読を聞いてみた。

すごかった。

河野さんは登場人物全ての声音と調子を変え、地の文でわかりにくいところは易しい言葉に換え、ときには人形や歌を使って子供たちの興味をつなぎとめていた。

紗奈は子供たちを馬鹿にしていた自分を恥じた。

子供たちに認めてもらえない自分が役者になんかなれっこない。

紗奈はカルチャースクールの朗読教室に通い、落語を聞くようになり、そして本を読みまくった。

努力は重ねたが、まだまだ河野さんのレベルには達しない。それでも紗奈の読み聞かせの時間に来てくれる子供も増えてきた。

「もっともっと、子供たちと同じ目線になってごらんよ」

河野さんも指導してくれるが今ひとつ、殻をやぶることができなかった。

そんな図書館に、風変わりな子供たちがやってきたのは春の初めの頃だ。着物に似た、刺繡《ししゅう》の入ったきれいな服を着た子供だ。男の子は韓国ドラマの王朝ものに出てくる、貴族がかぶるような帽子をかぶり、女の子は簪を頭に挿《さ》している。

最初見たとき、「これから仮装パーティにでもいくのかしら」と思ったが、いつもその格好のようだった。

アジアンチックな衣装なので、もしかしたらそういう雑貨を扱うお店の子なのかなとも思ったが、いまだに聞けていない。

二人の子供は後ろの方に控えめに座り、顔をあげて紗奈を見上げている。期待に満ちた表情は、他の子供たちと変わりない。

「じゃあ、今日は日本の昔話を読みましょうね」

紗奈は本を三冊頭の上に持ち上げてみた。

「みんな知ってるかな？　一寸法師と、鉢《はち》かつぎ姫と、舌切り雀《すずめ》です」

しってるーという声と、しらなーい、という声がいくつもあがった。着物の子供たちはこしょこしょと内緒話をしている。

「じゃあ、紗奈おねえさんの読み聞かせ会、はじめまーす」

紗奈は膝の上に本を置いて、ゆっくりと読み始めた。

一

ちいさな一寸法師が鬼のおなかにはいって暴れるシーンでは、紗奈が全身を使って飛び跳ねてみせたので大笑いがおきた。

鉢かつぎ姫では姫にいじわるをする女性たちを熱演したあまり、子供たちが怒って騒ぎだした。

さいごの舌切り雀では――。

実はこの話がむずかしかった。まず子供たちは洗濯物に糊《のり》を使うということがわからない。そして糊がご飯粒で作れるというのも知らない。しかしここをわかってもらわないと、雀が糊を食べるというところまで行くことができない。

そして糊を食べた雀の舌をおばあさんが切るというシーン。最初これは残酷なので、雀を追い出すという話にするべきではないか、と事前に図書館の方から言われた。しかしそれだけだと、ラストシーン、おばあさんの選んだつづらからお化けが出てくる、というカタストロフィが弱くなってしまうのではないか？　おばあさんの残酷さ、おじいさんの優しさ、そして因果応報はきちんと伝えるべきではないか。

なんどか検討を重ねて原文通りに行こうということになり、まず、糊の説明、そしてご飯粒をこねるとくっつくよね、という説明をいれて、舌切りのシーンへ進んだ。

「憎い雀め。おまえの舌をちょんぎるぞ」

紗奈がそう言って手に雀を持ち、ハサミを近づける真似《まね》をすると、子供たちは息を呑《の》んだ。手で顔を覆ってしまった子もいた。

紗奈がちらっと見ると、着物の子供たちは逆の反応でにこにこしている。

やがて話が進みおじいさんと雀の再会で子供たちはほっとしたようだった。おみやげの小さなつづらから宝物が出てきたところも大喜び。そしておばあさん――。

雀のお宿でさんざんな目にあったおばあさんが欲張って大きなつづらを選んだところで、子供たちの熱があがったような気がした。みんなつづらの中身が気になっているに違いない。

「なんて重たいつづらだろう。ここらでちょっとひとやすみ」

紗奈はつづらを肩から下ろす真似をした。

「中身はなにがはいっているのかな……？」

紗奈の目の前には見えない大きなつづらがある。しかしそれは子供たちの目には見えているのだ。

「おばあさんがつづらの箱をあけたとたん、中からわあっとお化けが飛び出しました！」

きゃーっと子供たちが歓声をあげる。

紗奈はお化けになって子供たちを追いかけた。子供たちがきゃあきゃあと笑いながら逃げまどう。着物の子たちも一緒に走った。

「さあ、読み聞かせ会はおしまいです。おもしろかったあ？」

「おもしろかった！」

「また読んでね！」

子供たちは紗奈に手を振って待っていた保護者のもとへ帰ってゆく。あの着物の子供たちも、手をつないで帰っていった。

夕方のバイトまではまだ時間があった。これならおなかになにか入れることができるな、と、紗奈はパン屋でサンドイッチを買った。公園のベンチで食べようと歩いていたとき、アスファルトの上でもそもそと動くものを見つけた。

「と、鳥？　……すずめ？」

一瞬、ひなかと思ったが、どうやら成鳥らしい。片方の羽根をべったりと地面につけ、ぐるぐると地面の上で円を描いている。

紗奈は足を止め、まわりを見た。このあたりは比較的大きな家が多く、庭もある。雀やカラスも多い場所だろう。

鳥のひなが落ちているのを見ても、さわってはいけないというのは知っていた。巣立ちに失敗したひなを、親鳥がどこからか見ているというのだ。

だがこの雀はもう大人だし、羽根はありえない方向にまがっていて、車にでもはねられたようだ。

どうしよう、と思ったが、つぎにはハンカチで雀を包んでいた。このままここに放置しておけば、飛べない鳥なんて猫に襲われるか車にひかれるかしかない。

ハンカチの中で雀はチュクチュクとせわしない声をあげ、紗奈を見上げた。

「大丈夫、大丈夫よ。すぐにお医者さんにつれてってあげるからね」

紗奈は指先で雀の頭を撫でた。

「こないだ、舌切り雀を読んだばかりだしね」

雀は目を閉じ、くちばしを紗奈の爪にうちつけた。


「ほんとに大丈夫なの、あんた」

山内明美《やまうちあけみ》は何度も後部座席を振り返り、隣でハンドルを握っている夫に言った。

「大丈夫だろ、あの家には滅多《めった》に人はこないし」

夫の山内寛《ひろし》もチラチラとバックミラーで後ろの様子をうかがう。

「でも年に二回くらいは民生委員とかいうのがくるのよ」

「そのときは具合が悪いとか、入院してるとか言って追い返せばいい。とにかく、今、ばあさんが死んでることがわかったら、年金を貰《もら》えなくなっちまうだろ」

「でも死体を隠すなんて……どこかいいとこあるの？」

「三鷹の方で新しいマンション建ててるだろ。夜まで待って、人がいなくなったら掘り返してる土の中に埋めちまえばいい。あとはコンクリで固めてくれるさ」

明美はまた後ろの座席を見た。黒いゴミ袋が載せてある。その中には毛布で包んだ老婆の死体がある。

約一年ほど、明美はこの老婆、仁科《にしな》トヨの家政婦兼ヘルパーとして働いた。その時からトヨの年金をほとんど自分の懐に入れていた。トヨには必要最低限の介護しかさせず、しかし死なせないよう十分な注意を払っていた。

だが、今朝とうとうトヨは息を引き取った。あわてて寛に連絡すると、トヨの死を隠そうと言い出した。これまで通り年金を受給するために死体を遺棄するのだと。

「こんなことになるのも社会が悪いんだよ。不況のせいだ。俺たちみたいな善良な一般人がさ、犯罪に手を染めるっていうのにはそれなりの理由があるんだ」

「……そうよね、あたしたちだって生きていかなきゃならないんだもの」

明美は座席のゴミ袋からむりやり顔をそらして前を向いた。じっと見ていないとトヨが袋から出てくるのではないかという考えが、何度も振り返らせてしまう。

寛がしょっちゅうバックミラーを見るのも同じ思いからだろう。

「きっと大丈夫よね、あたしたちが殺したわけじゃないものね」

「ああ、万が一ばれてもただの死体遺棄だ、たいした罪じゃない」

「そうよね、そうよ」

ガタン、と車がなにかに乗り上げ、大きく跳ねた。明美はとっさにダッシュボードに手をつく。そのとき、ドサリと後ろで音がした。

あわてて後ろを見ると、ゴミ袋が座席から下におち、そして口からトヨの細い手首が見えていた。

「あっ、あんた！　出てる！　出ちゃってる！」

明美の叫び声に寛は思わず振り向いた。車のヘッドライトが正面にいる人間を白く照らした。


思った通り雀の片羽根は折れていた。医者は添え木をし、包帯で固定した。

「まだ若いので骨はくっつくかもしれませんが、雀は野鳥ですからね。治ったら放してあげてください」

「わかりました」

治療費はけっこう痛かったが、自分を見上げて首をかしげるかわいらしさに仕方がないと諦める。かわいいは正義、とは誰が言ったのだろう？

小さな紙の箱にいれてもらい、紗奈はその箱を自分の布バッグの中にいれた。

動物病院から外へでると、もう薄暗くなっていた。歩道の街灯がぽつぽつと点《つ》き始める。

（コンビニに鳥の餌、売ってたよね）

自分の勤める店の品を頭に浮かべる。

（ほかになにがいるかな。鳥の育て方っていう本とかはおいてなかったよね）

紗奈は肩から下げている布バッグを撫でた。箱の感触を確認する。

(あまり揺らさないようにしなくちゃね)

ゆっくりと歩いていると、背後から「図書館のおねーさん」と声をかけられた。

振り向くと、読み聞かせ会に来ていた着物の子供たちが立っている。照明の下で着物の刺繡がきらきらと光って見えた。

「あらぁ」

紗奈は目を見張った。こんな時間、こんな場所で会うとは思わなかった。

「君たち、このへんにすんでいるの?」

「地蔵さまのアパートはこのへんですー」

「普段はジゴクですぅ」

ジゴク? 今ジゴクって言った? それとも聞き間違い?

「おねーさん、今日のお話もおもしろかったですー」

帽子をかぶった男の子が首を右にかしげて言う。

「ほんと? ありがとう」

「おねえさんのお話、大好きですぅ」

かんざしを挿した女の子が首を左にかしげて言った。

「そう言ってもらえるのが一番うれしいわ」

二人はぴょこんと頭をさげた。

「ぼくは司録と言いますー」

「わたしは司命と言いますぅ」

挨拶《あいさつ》をしてもらったので紗奈もあわてて頭をさげた。

「私は紗奈よ。図書館のお姉さんじゃなくて、ボランティアなの」

子供相手に真面目《まじめ》に言っている自分がおかしくて、紗奈は照れ笑いを浮かべた。

シロクにシミョウ。変わった名前だ。もしかしたら日本人ではないのかしら……

「お話楽しかったけど、もうじき聞けなくなるのがさびしいねー」

「うん、さびしいねぇ」

二人が顔を見合わせてうなずいたので、紗奈は驚いた。

「え？　どうして？」

「もうじき、エンマさまがお帰りなのでー」

「わたしたちもこっちにはいられなくなるのですぅ」

「エンマさま？」

ジゴクだのエンマだの、子供が言うセリフにしてはぶっそうだ。

「こんどこられるのは四九年後になりますー」

「おねぇさん、四九年後にまたお話してくれますかぁ？」

「四九年って……」

そんな年月が経《た》ったら自分は七〇歳に近い。

奇妙なことをあどけなくほほえんで言う子供たちがどことなく気味悪くなって、紗奈は一歩引いた。

「あ」

男の子の方が、なにかに気づいた顔をして紗奈のバッグを見た。

「なにかちゅんちゅん言ってますー」

紗奈は思わずバッグを押さえる。

「あ、ああ。さっき雀を拾ったの。けがをしてたから、病院へつれていったのよ」

「すずめ」

二人は顔を見合わせた。

「雀を助けたですかー?」

「そしたら雀のお宿にいけますぅ」

二人は嬉しそうに言った。

「雀さん、ちゃんと恩返しするんですよー」

バッグに向かって無邪気な様子で言う子供たちには、さっきの違和感はなく、紗奈は自分の臆病さを恥じた。

「もう暗くなるよ。早くおうち帰った方がいいよ……」

紗奈がそう言ったとき、向こうから走ってきた車のライトがまっすぐに目を射た。

思わず手を顔の前にかざしたが、明かりはますます強くなり、周囲が真っ白になってなにも見えなくなった。

二

「おねーさん、おねーさん」

「おきてぇ、おねぇさん」

幼い子供の声が、水の底から湧くように聞こえてきた。

目を開けると星空が見えた。

「バイト！」

紗奈は叫んで飛び起きた。

「今、何時!?」

そのとたん、背中と肩がひどく痛み、紗奈は声をあげて体を丸めた。

「だいじょーぶ？　おねーさん」

ひたり、とむきだしの二の腕に温かいものが触れる。小さな子供の手だ。心配そうな顔でのぞき込んでいるのは帽子をかぶっている司録だった。

「シロク、ちゃん。シミョウちゃん」

「いたい？　大丈夫？　おねぇさん」

「う、うん……」

紗奈はそっと腕を動かしてみた。痛みはあるがちゃんと動くので骨が折れたりはしていないらしい。

「二人とも大丈夫？」

「うん」

「だーいじょうぶぅ」

紗奈は辺りを見回した。見覚えのない場所だ。さっきまで住宅地にいたのに、草や木が茂る山の中のようだ。

「なんでこんなとこに……」

はっと紗奈はからだをパタパタとはたいた。

「私のバッグは？」

「すずめさんのはいってたバッグならここですよぅ」

司命が布のバッグを持ってきてくれた。口を開けて箱を取り出す。ふたを開けると雀が元気よく鳴いていた。

「よかった、無事だったのね」

バッグの底をさぐってスマホを取り出した。しかし充電がなくなったのか、画面はまっくらで、まったく反応しない。

「どうしよう……バイト……無断欠勤になっちゃう……」

ってていうか、なんでこんなところに。

「ねえ、どうして私たちこんなところにいるの？」

紗奈が言うと、二人の子供は顔を見あわせ、そろって首を振った。

「わかんないー」

「白い光がぴかーって。起きたらここにいたのよぅ」

思い出してみるとあの白い光は車のヘッドライトだったような気がする。まっすぐこちらへ向かってきた。もしかしたらあのとき車とぶつかったのかもしれない。

「でも生きてる……」

かすって気絶したのだろうか？　そのあとここに運ばれた？

「なんで？」

山の中とおぼしき場所は、恐ろしいほど静かだ。ふつう、こんなに自然が豊かなら、夜でもなにか動物の声はするだろうに。

紗奈は雀の箱をバッグに戻すと、それを肩にかけた。

「とにかく、どこか連絡のとれるところにでないと」

紗奈は二人の子供に手を差し出した。子供たちは嬉しそうに笑ってその手を握る。

「君たちも早くおうちに帰らないと……」

やばい、もしかして誘拐したとか思われてないでしょうね。

「行こう、早く」

「どっち行くですかー?」

司録が紗奈の手を自分の頭の上に持ち上げて言った。

「わかんない。とにかく道が下っているほうに行こう」

紗奈は足の裏の感覚を頼りに、下に向かっていると思われる方を進んだ。

(もしかしたら、あの車が私たちをはねて、それで死んだと思ったからこの山の中に捨てたのかな)

この説明なら辻褄《つじつま》があう。

(だとしたらひどい! こんな小さな子までまきぞえにして。絶対警察に言って捕まえてもらわなきゃ)

茂みをかきわけ進んでいくと、少し向こうに明るいものが見えた。火が燃えているのか、ちらちらと動いている。

「やった、明かりが見える！」

紗奈は子供たちの手をぎゅっと強く握った。

「よかった！　助かった！」

茂みをかきわけた先にあったのは、夜の闇よりまだ暗い大きな屋敷だった。まわりを長い土塀で囲まれている。

遠くから見えた明かりは、門の前に焚《た》かれていた二つの篝火《かがりび》だった。電気などではなく、本物の火が燃えている。

その篝火が照らし出しているのは、鋲《びょう》の打ち込まれた大きな木の門だった。

「こんな山の中にこんな大きなお屋敷……あからさまにうさんくさいんですけど」

たじろぐ紗奈の背中を司録が押す。

「だめですよー。このお屋敷に入らなきゃ」

「そうです。山道をずっと歩いて疲れちゃいましたぁ」

司命も紗奈の腕をひっぱった。

押されて引かれて紗奈はしぶしぶその門を叩いてみたが、中に音が聞こえるとも思えなかった。

「インターフォンとかないのかな……」

明かりの届く範囲にはそんなものは見えない。

「塀に沿って歩いてみましょう」

司録が提案した。

「そうです、こんな大きなお屋敷ならお勝手口がありますよぅ」

司命も紗奈を励まして腕を引く。

だらだらと続く長い土塀を辿ってゆくと、角をまがったところに小さな木の扉があった。ダメもとで押してみると、ありがたいことに向こう側に開いた。

「不法侵入になるけど、緊急事態だものね、あとで謝ろう」

子供たちを先に入れて紗奈もその門をくぐる。内側は広い庭になっており、その向こうに和風の平屋が見えた。

「旅館……なのかな」

長い濡《ぬ》れ縁《えん》が左右に広がり、白い障子が閉まった部屋が続いている。しんと静まり返り人の気配はなかった。

「とにかく、あがってみよう……」

縁側にあがり、そっと障子を開けてみる。中は暗い和室で、畳が何畳敷かれているのかわからないくらい広かった。空気は沈み、ひんやりとしている。

調度品はなにもなく、宴会場のようだと紗奈は思った。

「そこでなにをしている」

不意に声をかけられ、紗奈は「ひゃあっ」と叫んで飛び上がった。その勢いで座敷に転がり込んでしまう。

畳の上に仰向《あおむ》けに倒れた状態で見上げると、廊下に一人の小柄な老婆が立っていた。細いろうそくを立てた手燭《てしょく》を持っている。

「あ、あの、」

ろうそくの小さな光が老婆の顔をちらちらと黄色く照らしている。いったい幾つなのかわからないほどしわが深く、髪はまっしろで、暗い色の着物を着ていた。

「道にまよったのー」

「迷子なんですぅ」

司録と司命が声をあげる。二人とも紗奈ほど老婆に驚いていないようだった。

「迷子だと？　この山の中で？」

老婆は手燭の明かりを子供たちに近づけた。

「ずっと歩いてきて疲れたのー」

「一晩泊めてくださいな」

老婆は明かりを紗奈の方にも向けた。

「おまえも迷子か」

「そ、そう。そうです！」

ようやく呼吸を整え、紗奈は畳の上で正座した。

「勝手に入ってごめんなさい！　山の中で明かりが見えたので……あの、電話を貸してください」

「デンワだと？　知らぬな。そんなものはない」

「え？」

老婆は手燭を持った手を、廊下に向けた。とたんに周りが暗くなり、紗奈はあわてて畳の上を這《は》って廊下に出た。

「本来ならよそものは入れぬ掟《おきて》だが、今宵《こよい》はご主人さまの長寿の祝いで宴《うたげ》を開く。その間ならこの家にとどまることを許そう」

老婆が言った。ささやくような声だったが、周りが静かすぎてよく聞こえた。

「あ、あの、電話……ほんとに電話がないんですか？」

「ない」

そういえば老婆が持っているのはろうそくだし、門の前には篝火、家の中はまっくらだ。電気が通っているのかすらあやしい。

紗奈はがっかりした。これでは誰にも連絡がとれない。

「あ、でも」

思いついたことがあった。

「今夜宴会があるんですよね！　それにいらっしゃる方たちの中に携帯を持っている人はいませんか!?」

「ケイタイ？」

老婆は首をかしげる。

「ケイタイとは持ち歩くということだろう。なにを持ち歩くというのだ」

「え……」

老婆の言うことは正しい。確かに携帯という言葉は身につけているという意味だが。

「あの、携帯電話って……ご存じありませんか」

「デンワというものはないと言っている」

「で、でも」

なおも言い募ろうとする紗奈の服を、司命が引っ張った。小さく首を振っている。

紗奈は口を閉じた。

「ついてこい」

老婆は先に立って歩きだした。気が進まなかったが、ろうそくの光がじょじょに向こうへ行ってしまうのも怖くて、紗奈は立ち上がった。両手を子供たちがぎゅっと握る。

「だーいじょうぶよー」

「わたしたちがついていますよぅ」

幼い声に励まされる。こんな小さな子供たちに心配されるなんて、と紗奈は自分の気の小ささに舌打ちしたい思いだった。

自分がこの子たちを守らなくてどうする。電話がなくったって、朝になれば山を下りることができるだろう。この家に電話がなくても、きっとほかに連絡手段はあるはずだ。

しかし長い廊下のどこにも人がいる様子がない。これから宴会だというのは本当だろうか？

いくつもの角を曲がったが、どの部屋も暗い障子が続いているだけだ。右側も延々と同じような庭の風景。いったいこの屋敷はどれほどの大きさがあるのだろう。

いい加減沈黙に耐えきれなくなり、老婆に声をかけようとしたとき、向こうの方にぼんやりと明るくなっている部屋が見えた。その部屋は明かりが入っているらしい。

紗奈は思わず安堵《あんど》の息をついた。

「あの部屋で待っておれ」

老婆は部屋の少し前で立ち止まり、紗奈を振り向いた。

「決してあの部屋から出てはならんぞ」

「あ、あの……お手洗いとかは……」

無表情だった老婆の顔が動き、しわの中に笑みらしきものがじわりと浮かんだ。

「小便か？　そんなもの、したくもないだろうさ」

「でも小さな子供たちがいますし」

老婆はくるりと振り向くと、なにも言わず紗奈の横を通り過ぎた。

「あの、」

声をかけようとして紗奈は息を呑んだ。老婆が持っているろうそくの光が、彼女の影を廊下に長く映している。

それは奇妙にいびつな獣のような姿をしていた。


勢いよく障子を開いて、紗奈は子供たちを部屋の中にいれた。すぐさまそれを閉めて、震える息を吐く。鍵付きのドアでなく、紙と木でできた障子だけが廊下と中を隔てているのだという事実がこころもとない。

いったい今見たものはなんだったのだ？　ろうそくの灯《ひ》が揺れたから、見間違えたのだろうか。それにしてははっきりとした影だった……。

「おい、ちょっと」

背中に声がかけられた。紗奈はびくっとからだをすくめた。心臓がいくつあっても足りない。こんどはなんだ？

おそるおそる振り向くと、そこにいたのは中年の男女二人だった。

部屋の片隅にある行灯《あんどん》に浮き上がった彼らの顔は、疲れきっているように見えた。

紗奈はとっさに壁にうつる影を見たが、それは異形《いぎょう》には見えなかった。ほっと肩が下がる。

「あんたたちも迷い込んでここにきたのか？」

男はせっつくように言った。

「携帯持ってないのか？　どうやってきたんだ？　ここがどこか知ってるのか？」

一度にいろいろ聞かれとまどってしまう。だが、さっきまで一緒にいた老婆より、この横柄な男性の方が、なぜか安心できた。

「ぼくたちも迷子なの」

畳に足を投げ出した司録が明るい声を出した。

「いつのまにかここに来てたのよぅ」

司命は行灯のそばによって、中をのぞき込んでいる。

「携帯は……充電切れなのか使えません」

「なんだ、役にたたねえな」

紗奈が言い訳をするように答えると、男は吐き捨てた。

「あたしたちもね、いつの間にかここにいたのよ」

男よりももう少し冷静そうな女が言う。

「町中で車に乗ってたんだけどね、気がついたら山の中。乗ってきた車も荷物もなくて、途方にくれてたらこの家を見つけて」

女は膝で紗奈ににじりよった。

「このお屋敷、すごく大きいでしょう。でも人っ子一人いないみたいで気持ち悪くって」

「ここで会ったのはばあさんだけだしな」

男は、大きくため息をついた。

「こんなとこでぐずぐずしてる暇はねえんだけどな。いったいどうなっているんだか」

この人たちも私たちと同じ……、と紗奈は二人の顔を見た。彼らも山登りのような格好ではない。いつの間にか、というのは本当だろう。

「今時電話もなけりゃ電気も通ってなさそうってのはなんなんだ？」

男はいらだたしげに立ち上がると障子を開けた。

「おーい！　誰かいないのか！」

「ここで待ってろって言われてねえ、お茶のひとつも出てこないんだよ」

女がひそひそと紗奈にささやく。

「なにか言ってたかい、あのおばあさん」

「いえ、宴をするっていうこと以外は」

「宴ねえ……宴会の準備で忙しいのかねえ」

男の方がどすどすとわざとのような足音をたてて廊下に出る。すぱん、と近くの部屋の障子を開ける音がした。

「あの、おばあさん、外へ出るなって言ってましたよ」

紗奈が言うと、女の方も不安げに眉をひそめた。

「あたしたちもそう言われたわ。でも、うちの人、聞きやしないのよ」

よっこらしょっと声をあげ、女は立ち上がった。

「ちょっと呼んでくるよ。あんたたちはここにいてね」

女はそう言うと部屋から出ていった。紗奈が部屋から顔を出すと、まっくらな廊下で二人が言い合っている。男の影が女の手を振り払い、別な部屋の障子を開けるのを見て、紗奈は部屋の戸を閉めた。

「私たちはおとなしく待っていましょうか」

「紗奈おねーさん、お話してくれる？」

「いいわよ」

紗奈が答えると、司録と司命はうれしそうに笑いあった。


山内寛と明美の夫婦は、並んでいる部屋の障子を次々と開けていった。どの部屋もタンスのひとつもない、ただの畳敷きの部屋だった。

「いったい何部屋あるんだ」

「すごいわねえ、掃除が大変そう」

寛が開けた障子を閉めながら、明美は答えた。

「やっぱりここは旅館なのよ。今は休業とかしてるんだわ」

「旅館ならどうして俺たちを放っておくんだ。客商売だろう」

「お客扱いされたって払うものがないわよ」

角を曲がったとき、明かりがついている部屋を見つけた。あの部屋に誰かいるかもしれない。

二人は部屋の前に立って中の様子をうかがった。だが、なにも聞こえない。

「あのー、こんばんは……」

声をかけ、おそるおそる障子を開けると、その中に今までの部屋にはなかったものがあった。段ボールの箱だ。大きなものから小さなものまで、いくつも置いてある。片隅に行灯があり、箱の影を黒々と壁に映し出していた。

「なんだ、これ」

「もしかしたら移転してきたばかりなのかも」

だから電気も通ってないのよ、という妻の声を背中で聞きながら、寛は部屋の中へ入った。

「ちょっと、あんた！」

明美の止める声も聞かず、一番手近な段ボール箱を開ける。

「おいっ！」

声がひっくり返った。

「こ、これ、見ろ！」

「なによぉ」

明美はのろのろ近づいて、寛の肩越しにその中をのぞき込んだ。

「ひえっ！」

すっとんきょうな叫び声をあげ、明美はあわてて口を手で覆った。

「こ、これって……」

段ボール箱の中には大量の札束が無造作につめこまれていたのだ。

「な、なんでこんなものが」

「た、タンス貯金ってやつ？」

二人ははっと顔をあげた。ドカドカと向こうから足音が聞こえてきたのだ。

「か、隠れろ」

「隠れろったってどこに」

周りを見回すと押入があった。二人は急いでその中に飛び込み、戸を閉めた。ほとんど同時に障子が開かれる。

「おいおい、こんなところに置いといて大丈夫なのか」

太い声が部屋の中に響いた。

「大丈夫だよ。だれがとるっていうんだ」

もうひとつ、甲高い声が答える。声の主が二人、部屋の中に入ってきた。

「お祝いの宴に、活《い》きのいい獲物が手に入って、ご主人さまはお喜びだ。俺たちもお相伴に与《あずか》れるかもしれないぞ」

押入の中に隠れていた寛は、隙間から行灯の光に照らしだされたものの姿を見て、叫びそうになった。それを必死に押しとどめる。

「あのケチなご主人さまが爪の先だってくれるものか。なにかいい芸を披露しないとだめだろう」

答えるものの姿を見て、明美も息を呑む。部屋の中にはいってきた二人――いや、二体は人間の姿ではなかった。一人は大きな牛の頭を持ち、からだは岩のようなもので覆われていた。もう一人はカマキリのような頭部に、平たい昆布のようなうねうねしたからだを持っていた。行灯の光が彼らのからだをチラチラと光らせている。

「芸かあ。ご主人さまを満足させるような芸はむずかしいなあ。この景品たちも今のところ出番がないものなあ」

「とにかく俺たちは宴の準備にとりかかろうぜ。今日の宴の部屋はどこだっけ」

「この廊下の突き当たりだよ、ばか」

二体の化物はそう言いながら部屋を出た。どすどすという足音が遠ざかり、聞こえなくなってから、山内夫婦は押入の中から転がり出た。

「み、見たか?」

「見た、見たわ。なんなのあれ」

「化物屋敷だ、ここは」

腰が抜けた状態の寛は、手で這って障子にとりついた。

「は、早く逃げねえと」

「ちょ、ちょっと待って!」

その夫の足を明美はつかんだ。

「なんだよ、早く逃げないと殺されるぞっ」

「あんた、この金を放っていくの？」

「なんだって!?」

寛は明美の顔を見た。明美はこれ以上ないくらいに大きく目を見開き、夫をのぞき込んでいる。

「あいつらが言ってたでしょう？　これは景品だって。しばらく出番がないとも言ってたわ。だったら少しくらい持っていってもばれないんじゃないの？」

「お、おまえ、ばかか？　あんな化物の金を盗んでただですむと思っているのか！」

寛はそう怒鳴ったが、視線は段ボール箱に向いていた。

「バレなきゃいいのよ。いくつか持ってこの家を逃げ出せば」

明美は夫の服を掴み、ガクガクと揺すった。

「あんな化物が金を持っててどうすんのよ。お金は人間が使うものよ！」

「だ、だけど、もし追いかけられたら……」

「――追いかけられないようにすればいいのよ」

明美はニタリと笑みを浮かべた。行灯の明かりが顔半分に濃い影を作る。

「あたしにいい考えがあるの」

三

「〝ラプンツェール、ラプンツェール、おまえの髪をたらしておくれ〟魔女がそう言うと塔から長い髪が下りてきました。魔女はさっそくその髪をつたって登り始めます。そしてちょうど真ん中まできたときです。〝今だ！〟王子様が剣を振ってその髪を切ってしまいました……」

紗奈がラプンツェルのお話のクライマックスを語っていたとき、障子が開いて山内明美が顔を突き出した。

「ちょっとあんた、来ておくれ」

「どうしたんですか？」

「外へ連絡する手段を見つけたんだよ」

明美は部屋に入らず障子に手をかけたまま、暗い廊下のほうに目を向けた。

「この先でほんとに宴会が始まっててさ、そしたらその中に携帯を持ってる人がいたんだよ」

「ほ、ほんとですか？」

紗奈は思わず立ち上がった。

「ああ、うちの人も今、それで外に連絡をとってる。あんたも連絡しなきゃいけない相手がいるんじゃないのかい？」

「は、はい」

コンビニのバイトを無断でさぼってしまって、店長はどれほど困っているだろう。ギリギリの人数で回しているのだ、他の人だって急に呼ばれて困っているに違いない。なんとか連絡して深夜のシフトにでもはいらなきゃ申し訳ない。だけど、気が付いたら山の中にいたなんて信じてもらえるだろうか？

「その宴会ってどこですか？」

「この廊下をみっつほど曲がった先だよ」

紗奈は明美のあとについて廊下に飛びだした。

「おねーさん」

子供たちが心配そうな顔で出てくる。それに「そこで待ってて」と声をかけ、紗奈は明美と一緒に廊下を走った。

「こっちこっち、この角を曲がったところ」

明美が言うように、角を曲がるとたくさんの障子が明るく照らされている。中から大勢がいるような声も聞こえてきた。

「中に入って頼めば携帯を貸してくれる人がいるよ」

「そうですね！」

明美に肩を叩かれ、紗奈は明るい障子を目指した。明美がそっと後ろに下がるのも気づかなかった。

「失礼します」

障子を開けて部屋に入ったとき、自分の見ているものがなにかわからなかった。

そこには動物だか植物だか、いや、紗奈の知識のどこを探っても出てこない奇妙な姿のものが広大な座敷の中にひしめきあっていた。

あえて言葉をあてはめるなら、
化物。

そうだ、化物という言葉でしか説明のしようのないものが、畳の上に座って、あるいは立って、あるいはとぐろを巻いて、崩れて、溶けて、回って、蠢《うごめ》いていた。

おかしなことにみんなそろいの浴衣をひっかけていて、それがいっそう化物を化物たらしめていた。

「……人間だ」

誰かが言った。

「人間の女だ」

「獲物だ」

「ご主人さまの祝いの肉か」

「お相伴お相伴」

うわっと化物たちの目？　顔？　からだがこちらを見た。

「人間だ！」

「う、」

映画なんかでは怪物におそわれるとヒロインは絶叫する。それがいつも「きゃあっ」という悲鳴なのが不思議だった。あんなとき、いちいち女らしい悲鳴をあげていられるものだろうかと。

それが証拠に、紗奈のゆがんだ口から出た悲鳴は遠吠《とおぼ》えのような叫びだった。

「うわあああああっ！」

山内夫婦は障子から顔を出し、その悲鳴を聞いた。そして化物たちの恐ろしい叫び声も。

「やったわ！　今のうちよ」

明美は夫の背中を叩いた。

「これであいつらはあの娘に夢中よ、こっちを追ってくるひまはないわ」

「おまえ、……悪いやつだな」

二人は段ボール箱を両手で持ち上げ、庭に降りた。

「ふもとにおりたら警察に電話してやるわよ。まあ、骨くらいはみつかるかもしれないわ」

「小さい子供は助けてもよかったんじゃないのか」

「山の中を子連れでどうやって抜ければいいのよ、足手まといだわ」

「そうだな……」

寛はちらっと後ろを振り向いた。屋敷は黒々と夜の中にうずくまっている。

「早く入ってきた勝手口を探すのよ」

妻の声に尻を叩かれ、寛は視線を断ち切り、庭の中を進んだ。

四

「人間だ人間だ」

「俺が食う！　食わせてくれ！」

「若い女だ、ぅまそうだ」

　化物たちに取り囲まれ、紗奈は気を失いそうだと思った。足に力がはいらず、からだも動かない。どうすればいいのか全くわからなかった。

　すぐそばに歯だけの顔が迫ってくるのを、（あ、舌はないんだ）などとぼんやり思う。

　そのとき、閉められていた障子が勢いよく開いた。

「おめでとうございますー」

「ご長寿おめでとぉございますぅ」

　しゃららーんと耳に涼しい音をたて、部屋に飛び込んできたのは、長いたもとに美しい色の刺繍を施した着物のような服を着た子供たちだ。

その顔を見て、紗奈は驚いた。彼らは庭から採取したと思われる葉っぱのお面をつけていたのだ。

「ご主人様の長寿の祝いに呼ばれた芸人の一座ですー」

大きな丸い葉に目の部分だけを開けたお面の司録。

「これから楽しい余興をおめにかけますぅ」

放射状に広がった細い葉を頭に載せ、口元を三角の葉で隠した司命。

「このおねーさんは私たちの一座のもので、人間ではありませんー」

「はぁい、それが証拠にしっぽがありますよぅ」

司録と司命の言葉に紗奈は驚いた。あわてて尻を見ると、デニムの腰に草で編んだらしい長いしっぽが押し込まれている。

「人間ではないだとぅ?」

まぶたのない大きな目玉と大きな口、大きな顔から直接手足が生えている化物が、紗奈の前に顔をつきだした。生臭い息に思わず顔をそむける。

「そうですそうです、それにこのおねえさんは雀の言葉がしゃべれますー」

「人間は雀の言葉は話せませんよぅ」

とんでもないことを言い出す二人に、紗奈はぶるぶると首を振った。すると司録がさっと耳打ちする。

「口をぱくぱくさせててくださいー」

恐怖でこわばる口をなんとか動かすと、首の後ろでチュンチュンと雀の鳴く声がした。

「雀さん、今こそ恩返しですよぅ」

司命が雀を持って紗奈の背後に立っているのだ。

「おい、だれか、雀の言葉がわかるやついるか？」

化物の一人が仲間を振り向いて言った。

「俺がわかるぞ」

現れたのは大きなくちばしを持ち、黄色い目をした猿のような化物だった。

猿の化物はその巨大なくちばしには似合わない、ぴよぴよというかわいらしい声を出して何か言った。

それに雀がちゅんちゅんと答える。

「うむ、確かに雀の言葉だ。これからご主人さまを楽しませますと言っている」

「なんだ、人間ではないのか」

化物たちはがっかりした様子で紗奈の前から体を引いた。紗奈はへなへなと畳にしゃがみ込み、意識を失おうとした。だが、ぐいっと肩を引かれ、気絶はさせてもらえなかった。

「おい、早く芸とやらを見せてみろ」

化物たちが身を引いたその先に、巨大な御簾《みす》がかかっていた。その向こうにゆらりと動く大きなものが見える。はっきりと姿は見えないが、影が山のように裾広がりになっている。

「ご主人さまが早く見たいとおっしゃっているぞ」

「芸ったって……」

紗奈はそばで体を支えてくれている二人の子供にすがった。

「いったいなにをすれば……」

「だいじょーぶ。おねーさんの得意なこと」

「おねえさんならできますぅ。さっきみたいにお話をしてください」

「お、お話……」

この化物たち相手にお話を？

「満足したら帰してもらえますー」

「もしかしたらおみやげももらえるかもですぅ」

司録と司命が期待にみちた声をあげる。

「お、おみやげなんかいらないわ。早くここから逃げなきゃ」

「こういうのは昔話の定石《じょうせき》ですー」

「手続きを踏まないと逃げられないですぅ」

幼い子供のせりふではなかったが、今の紗奈にはそれを判断する余裕もなかった。

「お話……」

図書館の河野さんは相手の目線に立って、と言っていた。子供たちの心をつかむには、子供たちが聞きたいお話を。

では化物が聞きたい話とはなんだ？

紗奈は考えた。

電話も知らないような存在だ。家やこの座敷の雰囲気からしてきっと古い生き物なのだろう。だったら昔話の方がいい。

（でも、昔話ってお化けが退治される話ばかり）

化物が化物退治の話を喜ぶとは思えない。

「おい、どうした。早くしろ！　つまらなければ食ってしまうぞ！」

化物がせかす。紗奈は拳を握った。

（考えろ、考えろ。食べられるなんてごめんだわ。なにかないの!?　化物が喜ぶ楽しい話！）

周りをぐるりと見回すと、こちらをのぞき込んでいる化物たちの顔があった。皿のように丸い顔、三角の顔、いくつもある顔、目のない顔。

（そうだ！）

紗奈は大きく息をついた。

「お話をします。……化物退治の三人、というお話です」


山内夫婦はなんとか勝手口を見つけて山の中に出た。二人で運んでいても札束の入った箱は重く、指先が痛んで腕も疲れてきた。

「ちょっと、少し休ませてよ」

明美が息をあえがせながら言った。

「まだいくらも離れてない。もう少しがんばれ」

「だけどもう腕が限界よ」

足下もおぼつかない暗闇の中、石や木の根に足をとられながら、よろよろと進む。箱の中身が大金だとわかってなければ耐えられない苦行だ。

「ねえ、ちょっと。ちょっとだけよ。箱をおろしてお金を確認しましょう。そうしたら元気がでるから」

「そ、そうだな」

妻の提案に寛は足を止めた。二人はよろよろと進むと、草の上に箱をおろした。

「これだけあったら一生働かなくても大丈夫ね」

「そうだな、マンションでも買って優雅な老後だ」

「楽しみねえ」

二人は箱の上部に手をかけた。


あるところに高名な坊主と、博識な学者と、有名な猟師がいた。三人は頼まれて山に棲む化物を退治しにでかける。

学者は自分の知識で化物の弱点がわかると言い、猟師は自慢の鉄砲で化物をやっつけると言い、坊主はありがたいお経で化物を消せると言う。

三人は恐ろしい山道を登り化物の棲む洞窟に辿り着いた。

学者は弟子たちに言った。

「化物が出たら恐れずに目を睨んでやりなさい、そらさなければ勝てます」

しかし現れた化物は口だけで目がなかった。目を探しているうちに学者はぺろりと食べられた。

猟師は現れた化物にズドンと鉄砲を撃った。しかし化物は煙で出来ていたので効果はなく、猟師は煙に巻かれて息をつまらせた。

最後の坊主はお経を唱えようとした。

紗奈はそこで言葉を止め、周りの反応をうかがった。化物たちは身を乗り出し、固唾を呑んで続きを待っているようだ。

「……お坊さまがお経を唱えようと手をあわせたとき、化物はその前にたくさんの金銀財宝を出しました。その輝きに目がくらんだお坊さまは、お経を唱えるのも忘れて財宝に飛びつきました。

そのとたん、――パクリ！」

おおーっと座敷の中で歓声があがった。

「一夜明けて、三人は山の中で目を覚ましました。そして知識や武器や技術だけではどうにもならないことがあるのだと、すごすごと村へ戻りましたとさ」

語りきって紗奈は「おしまい」と両手を広げた。

「わっはっは！」

御簾の奥から大きな笑い声が聞こえた。部屋の中の空気がびりびりとふるえるほどだった。

同時に座敷の中の化物たちもいっせいに笑いだした。

「それはいい！」

「ばかな人間め、思い上がりがしっぺ返しをくわされた！」

「ゆかいゆかい！」

大受けだ。

紗奈はほーっと長い息を吐いた。

「おねーさん、すごくおもしろかったですー」

司録が紗奈の右手をとった。

「ほんとですぅ。山の中を歩いているシーンとか、とっても怖かったですぅ」

司命も紗奈の左手をとる。

「これでなんとか帰してもらえるかしら……」

紗奈は御簾を見つめた。ご主人さまというものが、満足してくれればいいのだけれど。

「なかなかおもしろかったぞ」

御簾の中から声がする。鉄の板を叩くような、ざらざらとして、それでいてよく響く声だ。

「楽しませてくれた礼をとらそう」

その声が終わるか終わらないかのうちに、別の化物がたくさんの箱を運んできた。

いくつもの触手を箱に絡めて大量に荷物を運べるらしい。

「さあ、この中から好きなものを選べ」

御簾の声に紗奈は子供たちと顔を見合わせた。

「これは……」

「雀のお宿ですー」

「定石ですぅ」

だとすると、選ぶのは決まっている。

紗奈は箱の中で一番小さなもの、手の中に入るくらいの小箱を指さした。

「あの箱をください」

「あんな小さなものでよいのか」

御簾の中の声は意外そうに言った。

「私は非力ですから、小さくて軽いものがいいんです」

「そうか……それは少し惜しいものなのだがな……」

御簾の声がためらいがちになる。

「なんでもくださるっておっしゃいましたー」

司録が声を張り上げる。

「お約束は守ってくださいませよぅ」

司命も立ち上がって言った。紗奈はハラハラした。生意気だと思われて怒られたら元も子もない。

「むう……仕方ない。約束だからな。もっていくがよい」

御簾の声は惜しそうにうめく。紗奈はほっとして御簾に向かって頭を下げた。

「お話をさせてくださってありがとうございます」

「ああ、楽しい時間だった」

紗奈は化物の触手から小箱を受け取った。それは案外重くて、しっかりと両手で持たないと落ちそうだった。

「ではぼくたちは帰りますー」

司録がぺこりと頭をさげる。

「お祝いの宴、続けてくださいねぇ」

司命も深々と頭をさげた。

紗奈も立ちあがり、障子を開けたとき、

「おい、おまえ。……しっぽがとれているぞ」

声をかけられぎくりとして振り向いた。デニムの腰に押し込んでいた草の尾が畳の上に落ちている。

「しっぽを落とすとはどういうことだ」

「このしっぽは偽物なのか」

「おまえ、いったいなにものだ！」

司録がぐいっと紗奈を引っ張った。

「おねーさん、にげますよー！」

「はやくぅ！」

司命がぴしゃりと障子を閉める。

「まてえ！」

背後で大勢の声があがった。

「おねーさん、その箱は絶対になくさないで！」

走りながら司録が叫ぶ。

「で、でもこれ重くて……」

「大事なものなの！　絶対箱から手を離しちゃだめですぅ！」

紗奈の泣き声に司命も叫んだ。

背後から大きな足音が、からだをひきずる音が、転がる音が聞こえてくる。

「早く早く！」

司録が縁側から庭に飛び降りた。木々の向こうに塀が見える。

「勝手口はどこ!?」

左右に長く白い塀。背後から化物の群が追ってくる。

「だめよ、逃げられない！」

「大丈夫！」

司録が叫んだ。

「大丈夫！　おねえさんは自分でおみやげを手にいれたんだもの！」

司命も叫ぶ。紗奈にはその意味がわからない。

司録と司命は手をつないで空に向かって叫んだ。

「たすけて！　エンマさまー！」


「早く箱を開けてちょうだいよ」

山道で段ボール箱のふたにとりついている夫を明美がせっつく。

「まてまて、箱のふたを交互に折り込んでしまったから、開けづらいんだ。しっかりはまってしまって……」

ようやくがさりと箱のふたの片方がひっぱれた。あとの三枚は簡単に開く。寛は箱にのしかかるようにして残りのふたを開けた。

しかし、箱の中には山内夫婦の思っているようなものは入っていなかった。

「わしの年金をかえせー！」

中から飛び出してきたのは死んだはずの老婆だった。ゴミ袋にいれた死体だったはずの仁科トヨ。

「うわああっ」

寛と明美は地面にひっくり返った。仁科トヨは段ボール箱をまたいで出てこようとしている。

「ば、ばばあが化けたあ！」

二人は今来た道を駆けだした。後ろから骨と皮の老婆が追ってくる。その恐ろしい形相に、寛はとっさに明美を老婆の方に突き飛ばした。

「あっ、あんたぁ！」

ひっくり返った妻にトヨが飛びかかる。老婆の口が大きくひらいた。入れ歯を外し、歯などないはずなのに、そこにはぎらぎらと輝く牙があった。

「ぎゃあああっ！」

頭をかじられ明美が絶叫する。寛は悲鳴をあげて逃げ出した。

「やっと出番か」

ひんやりとするような声が上からかけられた。紗奈が見上げると、塀の上に黒い服を着た若い男が、膝を開いただらしない姿でしゃがんでいる。

「夜が明けちまうかと思ったぜ」

「エンマさまー！」

子供たちが紗奈の周りでぴょんぴょん飛び上がる。

「かっこつけてないで助けてくださいー」

「早く早くぅ！」

二人の声に応えて炎真が庭に飛び降りた。驚いて立ちすくんでいる紗奈ににやりと笑いかけ、迫ってくる化物たちに目を向ける。

「宴のじゃまをして悪いな」

そう言うと、握った右手を開き、さっと振った。そのとたん、庭の地面に大きな亀裂がはいった。

ゴゴゴ……と深く大きな音が地面から響く。震動に、紗奈は立っていられず膝をついた。

亀裂は見る間に大きくなり、バリバリと庭の木々や茂みを飲み込みながら開いていった。まるで地面が口を開けたようだ。

追ってきた化物たちが悲鳴をあげてその中へ落ちる。

しかし中には翼を持つものもいて、その亀裂を飛び越えてきた。

「おっと」

炎真はさらに右手を振りあげた。するとこんどは土塊《つちくれ》が生きているもののように飛び上がり、空飛ぶ化物に命中した。

「よし、とっとと逃げるぞ」

炎真は紗奈たちを振り向くと、白い土塀の前に立った。

「で、でも入り口が」

「なければつくる」

炎真は土塀に手を当てた。押しつけている場所から放射状にひびが走る。

「よっ……と」

自動ドアの「押してください」というプレートを押すくらいの軽い調子で、炎真は壁を押した。

とたんにドォン！　と大きな音がして土塀に穴があいた。

ぽかんと口を開けている紗奈の手を司録と司命がひっぱる。

「よし行け」

「気にしないでー、おねーさん」

「ああいう乱暴な方なんですぅ」

山道に飛び出して、もう一度屋敷の方を振り向くと、塀の向こうで化物たちがぽいぽいと放り投げられている。炎真のしわざだろう。

「よかったですねー、おねーさん」

「おみやげも無事ですかぁ？」

「おみやげ……」

小箱はしっかりと手の中だ。

「よかった。これが一番の目的だったんですー」

「おねぇさん、おめでとぅ！」

「ま、待って、待って。君たちいったいなんなの？　さっきの人はなに？　私どうなってんの？」

立ち止まってしまった紗奈に、司録と司命も足を止めた。

「詳しく説明するのはむずかしいんですけどー」

「おねえさん、ここへ来る前のことで覚えていることなぁい？」

二人にそう言われ、紗奈は思い出した。真っ白なライトが目の前に迫ってきたこと。

その光の後ろに車が見えたこと。

「あのとき、おねーさん、車にはねられたんですー」

「司録と司命もまきこまれてぇ」

「じゃあ私……死んでるの？」

紗奈は思わず手の中の箱をぎゅっと握った。だったらここはあの世なのだろうか。だとしたら化物がいてもおかしくない。

しかし、司録と司命はぶるぶると頭を振った。

「おねーさん、まだ死んでないですー」

「おねぇさん、自分の力で自分の魂とりもどしたんですよぅ」

「え……？」

二人の子供は満面に笑みを浮かべ、箱を持っている紗奈の手に自分たちの手を重ねた。

「箱をあけてくださいー」

「おみやげですよぅ」

紗奈は手の中の箱を見つめた。白木でできた小さな箱、しっかりとふたがしまっていて、両手がしびれるほど重い。だが、その箱はほんのり温かく、手の中でかすかに脈打っているようだ。

「これ……」

おそるおそるふたを開ける。そうっとずらして見たその箱の中には。

眠っている紗奈の姿があった。

終

「気がつかれました？」

白いマスクに白衣の女性がのぞき込んでいる。

紗奈は二、三度まばたいて、日差しのまぶしさに目を細めた。

「あ、ブラインド閉めますね」

看護師は優しく言って窓辺に寄った。

「ここ……病院？」

「そうですよ。交通事故に遭われたの。覚えてます？」

「……ああ」

覚えている。車のライトが目の前に迫ってきて……。

「とっさに避《よ》けられてよかったですね。車の方はそのまま塀にぶつかっちゃって」

「私……避けた？」

「そうですよ、そのとき頭をぶつけられたらしくて軽い脳震盪《のうしんとう》を」

「あ」

急にいろいろと思い出した。

「わ、私のバッグ……、あの、中に雀が」

「ああ、大丈夫ですよ。雀は無事です。警察で保護されているはずです」

「スマホは？ 店に連絡しなきゃ」

「それも大丈夫ですよ。電話が入ったので病院から説明しておきました」

「ああ……」

よかった、と紗奈は安堵の息をついた。

「あっ、あの子たちは？ シロクちゃんとシミョウちゃんは大丈夫ですか？」

「シロクちゃんとシミョウちゃん？」

看護師はきょとんとした。

「ええ、子供が二人、一緒にいたんです！」

「いいえ、運ばれたのは小澤さんおひとりでしたよ」

「えっ……」

確かにあのとき二人と一緒にいたはずなのに。

「じゃあ無事なのかな」

ふとさっきの看護師の言葉を思い出す。車はそのまま塀にぶつかって……と言わなかったか？

「あ、あの車に乗ってた人は……」

「その方たちは……」

看護師は目を伏せた。

「残念ながら……」

小澤紗奈は一日だけ入院したあとすぐに退院した。

警察に行って雀を引き取り、リサイクルショップで買った鳥かごに入れた。

雀は翼こそ動かなかったが元気よくちゅんちゅんと鳴き、餌をねだった。

入院しているとき、雀が出てくる長い夢を見ていたような気がするが、よく覚えていなかった。

次の日には図書館にも行った。読み聞かせ会の日だったからだ。

心待ちにしていたのだが、司録と司命はこなかった。近いうちにどこかへ帰ると言っていたが、もう帰ってしまったのだろうか？　彼らも夢の中に出てきたような気がする。

三日目にようやくコンビニに顔を出した。店長がなんども大丈夫かと聞いてくれた。

またシフトに入れると伝えると、涙を流して喜んでくれた。

夜中、紗奈が店で弁当の品出しをしていると、客がやってきた。黒いカットソーの青年と、前髪をカチューシャで持ち上げたホストのような男だった。

「いらっしゃいませ」

声をかけてレジに向かう。男たちは新商品のオレンジとチョコのシュークリームと、柏餅を持ってレジにやってきた。

「三一二円になります」

バーコードリーダーで値段を読み込み金額を告げると、自分を見ている青年の黒い瞳と出合った。

青年が声をかけてきた。

「元気そうだな」

「え？　あの、……」

青年は金を出すと、にやりと笑って背を向けた。

今の笑み、見覚えがある……ような……。

「あの、レシートを」

「あ、もらいます」

ホスト風の男がペコペコ頭をさげてレシートを受け取り、慌てた様子で青年のあとを追う。

「待ってくださいよー、エンマさまあ」

エンマ。

聞いたことがある。つい最近、どこかで。

けれど二人と入れ違いに客が来て、紗奈の思考はそこで途切れてしまった。


山内寛と明美は暗い山道をまだ走り続けていた。鬼の形相の老婆に追われているのだ。体中に噛み傷や切り傷をつけられ、手足は折れ、皮膚は裂けている。

疲れ、飢え、渇いているが、休むことは許されなかった。

唯一の救いの地獄へ堕ちるまで、もうしばらくかかりそうだった。

第四話

えんま様と守る母

busy 49 days
of Mr.Enma

序

三人もいるんだもの……一人くらい……いいじゃない……

耳に入ってきたその声に、吉田《よしだ》みさきは思わず首を巡らせた。

陽気なPOP音楽とざわざわとした人の話し声、時々、ママ友たちとランチを取るファミレスの奥のテーブル。目の前には娘と同じ年長組の咲子《さきこ》ちゃんママが首をかしげている。

「どうしたの、吉田さん」

「あ、なんでもないの。知り合いの声がしたみたいだったから」

知り合い？　知っている声だったのか？

テーブルには他にも娘の里佳《りか》と同じ幼稚園に通うママ友たちが座っている。

全員が一度にしゃべるのではなく、二人、三人と好きな相手と話している。

「そういえば吉田さんとこの里佳ちゃんて六つになったんだっけ」

　咲子ちゃんママが思い出したように言った。

「ええ」

「私たちの中では一番早く六つになったのよね」

「そうね……むっつね」

「来年小学校でしょう？　小学生になると少し手が離れて、親としてはホッとするわよねぇ」

　私ももう少し早く産んでおくんだった、と咲子ちゃんママが首を振る。

「ええ、でもうちの里佳はのんびりしているから」

「あら、女の子はのんびりしてるくらいがいいのよぅ」

「里佳ちゃんはしっかりしてますよ。うちの真由美《まゆみ》なんて、いつも里佳ちゃんに面倒みてもらって……里佳おねえちゃん、里佳おねえちゃんってあとをついて回ってるんですよ。ほんとにありがとうございます」

　最近、入園した堀道《ほりみち》真由美ちゃんの母親、陽子《ようこ》がほほえんで挨拶する。子供を二人も抱えたシングルマザーで、自分と同じく派遣社員で頑張っているそうだ。今日はたまたま都合があって、初めて挨拶をした。

「そんな。うちは一人っ子だからかえって喜んでいるのよ」

「あら」

陽子が目を見開いた。

「里佳ちゃん、一人っ子でしたっけ」

その言葉にギクリとする。

「え、ええ。そうよ、一人だけ」

「あら、ごめんなさい。うちの日陽《ひなた》と同じくらいのお兄ちゃんがいたように思って

……そういえば最初に聞いてましたね。なんでそう思っちゃったのかしら」

首をかしげる陽子から、みさきは目をそらした。

そう、里佳は一人っ子。一人きりのわたしの大切な娘。

三人もいるんだから……。

その時、思い出した。

あの言葉を言ったのは自分自身だったことを。

一

里佳が三歳になったとき、みさきの一番の楽しみは十一月の七五三だった。

かわいい着物を着せて千歳飴《ちとせあめ》を持たせて神社で写真を撮るのだ、と。

何ヶ月も前から通販サイトや町中の呉服屋やデパートを回って着物を物色した。

最近はディズニーのお姫様や、妖精《ようせい》のようなドレスも人気があると言われたが、絶対に着物を着せると決めていた。髪飾りやぽっくりまで揃えるとけっこうな値段になったが、夫に文句は言わせなかった。

母親のエゴと言われるかもしれない。子供は窮屈な着物など着たくはないだろう。

それでも。

こんなに大きくなりました、かわいくなりましたと、みんなに言いたかった。見せつけたかった。

なにより報告の義務があるのだ。

だから七五三で里佳が文句も言わずにかわいい着物を着て見せてくれたときには、

感激して涙も出てしまった。

夫と一緒に三人で神社に参り、お祓《はら》いをしてもらってお守りとお札をもらって。神社の前にいる業者に、高いと思ったけど写真も撮ってもらい、白い紙アルバムに貼られた写真をうっとりと見つめた。

なんてかわいらしいんだろう。うちの里佳は世界一かわいいわ！

長い石段は危ないからだっこして降りようと思ったが、里佳は新しいぽっくりで歩きたがった。時間がかかるので夫には先に駐車場に行ってもらった。

「ゆっくり一段ずつおりてね」

みさきは里佳の小さな足下をハラハラしながら見ていた。手をぎゅっと握ると里佳が「ママ、いたーい」と泣き声をあげる。

「あっ、ごめんね」

思わず力を緩めたとき。

「り、」

里佳の体が前のめりになるのが妙にゆっくりと見えた。頭につけたピンクのリボンの鈴がチリンと鳴る。黒地に艶やかな丸菊の模様のたもとが目の前で翻った。

「――っか！」

里佳の頭を片腕で抱き込むのが精一杯だった。みさきは里佳を抱いたまま、階段を五段ほども落ちてしまった。

耳の奥に自分の悲鳴がわんわんと反響して、何も聞こえなかった。見開いた目に青空が見える。

「――、――っ」

誰かがなにか言っていたが、聞こえなかった。体中が心臓になってしまったみたいにドキンドキンと脈打っている。

「――ですか？　大丈夫ですか!?」

参拝客と警備員、神社のスタッフが駆けつけてきて、周りを取り囲む。

「子供は無事だ！」

その声が耳に入り、みさきは自分の腕の中の里佳を見た。里佳は大声で泣いている。

頭の中で響いていたのは娘の声だったのだ。

「里佳……」

みさきはほっと息をついた。大丈夫、わたしは娘を守ったわ！

「病院に電話を！」

誰かが言った言葉に、みさきははっとした。違う、そうじゃない。

「けいさつ……警察に……っ」

みさきは周りの人たちの顔を見回した。

「誰かが娘を突き飛ばしたんです！」

里佳が四歳になったときだ。みさきは里佳と一緒にいつもは行かない大型のプールへ出かけた。

市のプールにはよく行っていたが、流れるプールや滑り台のあるプールも経験させてあげようと思ったのだ。

里佳は大喜びだった。

小さな浮き輪にしっかり摑まって流れに身を任せ、みさきに手を振った。みさきは手を振り返し、里佳の少し後ろからついていった。

里佳が喜んでいるのでみさきも嬉しかった。

流れが急になるカーブにきたところで、みさきは里佳に追いついた。浮き輪を持って自分の方に寄せようとしたとき、急に里佳の頭が浮き輪から沈んだ。

「りかっ!?」

みさきはあわてて流れに逆らい、プールの中を戻った。水の中に里佳の姿が見えた。

それと一緒に、なにか黒いものが里佳のからだにしがみついているのも……。

「里佳っ！」

みさきは水の中に顔をつっこみ娘を抱き上げた。里佳は泣きながらゲホゲホとせき込んだ。急いでプールサイドに里佳をあげると、監視員が飛んできた。

「水は少ししか飲んでいないようですね。念のため、救護室で休まれますか？」

「はい。――あの」

みさきはふるえながら言った。

「水の……プールの中に、なにかいたんですけど」

「え？」

「なにか黒いもの……人みたいなものが……娘のからだに」

監視員はすぐにそばのスタッフに言って、水の中に入ってくれた。彼は一周して戻ってきた。

「なにもないようですが」

「でも、見たんです……！　娘の腰にしがみつくようにして……あ、あれは腕だったわ、黒い腕」

言い募るみさきをスタッフが手を貸して立たせる。

「落ち着いて。おかあさんもお部屋で休んでください。私たちがもう少し見て回りますから」

信じてもらえてない、とみさきは思った。そういえば七五三のとき、里佳を突き飛ばした相手も捕まらなかった。いいえ、だれもそんな人は見ていないと言って捕まえなかったのだ。

みさきは濡れても温かな里佳のからだを抱きながら思った。

この子は——狙われている？

五歳のときはブランコから落ちた。そのときはみさきがそばにいて、ブランコを止めたので大けがを防いだ。

六歳になったとたん、幼稚園で突然おなかが痛いと言い出して、病院へ運んだら急性虫垂炎で危ないところだった。

毎年、里佳は事故に遭っている。死にかけるような目に遭っている。

夫に言っても子供のうちは危ないことも多いから注意するしかない、と言われただけだった。

「だいたい七歳までは神のものって言うしな」

「それ、どういうこと？」

「昔は子供が育ちにくかったんだろうな。七歳まで生きている子が少なかったんだ。だから七歳までは子供は自分のものじゃなくて、神のものって言って慰めたんだよ」

みさきはその言葉にショックを受けた。里佳が自分の子供じゃない⁉

「あなたもそう思ってるの⁉　里佳がわたしたちの子供じゃないって！」

激昂したみさきに夫は驚いた顔をした。

「そんなこと思うはずないだろ……」

弱々しく反発して新聞に顔を隠す。みさきはその新聞をむしりとった。

「里佳はわたしの子よ、わたしたちの娘よ。神様にも悪魔にも渡さないわ！」

神様にも悪魔にも——。

自分の言葉にぞくりとした。

神様は知らないが、悪魔なら知っている。

いいえ、悪魔じゃない。悪魔じゃないけど……。


（必ず……迎えに……いくから……）

あの人の声が暗闇からする。

（必ず……迎えに……）

だめ！　きちゃだめ！　里佳はわたしの子なんだから！

（必ず……）

ずるり、と暗闇の中からなにかが這ってくる音がする。そうだ、わたしは知ってる。あれは腕しか動かないから、這いずるしかないのだ。はっはっとせわしい息づかいが聞こえる。

(迎えに……)

白い腕。前に前に進んでくる。暗闇で顔は見えないのに、腕だけは見える。

はッはッはッはッ……。息がすぐそばで聞こえる。

(いくから……)

はッはあッはあッはあッはあ……ッ。

すぐ耳元で、頭の後ろで、せわしない呼吸音が。

渡さない！　里佳は渡さない！　こないで、こないでえええええっ！

「みさき！　みさき！」

揺り動かされて目を覚ました。はっはっと自分が荒い息をしていることに気づく。夢の中で聞こえていたのは自分の呼吸音だったのか。

「大丈夫か」

夫の顔が小さな明かりに照らされてかろうじて見えた。

「ひどくうなされてたぞ。苦しいのか？」

みさきは顔を押さえた。手にべったりと汗がつく。

「……怖い夢を」

「夢？　なんだ、よかった」

夫はため息をついてベッドに沈む。ベッドサイドの弱々しい明かりが、夫の高い鼻《び》梁《りょう》をやけにとがって照らし出した。

「よかったじゃないわよ……ほんとにひどい夢だったんだから」

「なんの夢なんだよ」

「……言わない」

「悪夢は話した方がいいって言うぜ？」

みさきは首を振り、布団を目の上までかけた。

「話したら……話したら、ほんとうになりそうで」

二

「吉田さん、元気ないみたいですけど、大丈夫ですか？」

休憩室でぼうっとしていたら、同僚の長谷川《はせがわ》しずくに声をかけられた。

みさきは派遣社員として週に四日、大学の事務局で働いている。四時あがりなのがありがたい職場だ。

「大丈夫です。昨日ちょっと眠れなくて……寝不足なだけだから」

「そうですか？」

しずくは無料のコーヒーサーバーから紙コップにコーヒーを注いだ。

「吉田さんも飲まれます？」

「ありがとうございます」

しずくの方がみさきより先輩なのだが、年上の自分を気遣っていつも穏やかな敬語で接してくれる。

元からきれいな娘だったが、最近、より美しくいきいきとしている。噂では恋人ができたらしく、それが職員の誰かだという。わたしも恋愛していたときは彼女のように美しく見えたのだろうか？

「眠れないのは辛いですよね」

「あ、病気とかじゃないんですよ。ただ夢見が悪くて」

心配そうな顔につい言い訳めいたことを言ってしまう。夢が怖くて眠れなくなるなんて、子供のようだ。

「夢見……？　怖い夢でも？」

「ええ、まあ……」

「わかります」

しずくが真面目な顔で言った。

「あたしも前は悪夢をよく見てたんです。一度見ると怖くてそのあと朝まで起きてたりして」

「長谷川さんが悪夢を？」

みさきはちょっと笑ってしまった。恋人ができて幸せいっぱいの彼女が？

「ほんとですよぅ。昔から怖い夢をよく見て……まあ、原因はわかってたんですけど、わかっているのと怖いのは別ですよね」

「そうですね。でも今は見ないんでしょう？」

「ええ」

「どうすれば怖い夢を見なくなるんですか？　あ、カレシを作るとか」

茶化して言ったがしずくは笑わずに首を振った。

「同じアパートの大央さんという人が、あたしの悪夢を消してくれたんです」

「悪夢を消す？」

「その人、なんだか不思議な人で……同じアパートに森田《もりた》さんという人がいるんですけど、彼女のお友達なんて幽霊退治をしてもらったって」

「幽霊!?」

思わず大声を出して、みさきは口を押さえた。

「ごめんなさい、変な話をして。幽霊なんて嫌いな人にはいやな話ですよね」

しずくが顔の前に手をたてて頭をさげる。それにみさきは首を振った。

「そうじゃないの。あの、その人って信用できる人なんですか？」宗教関係とかそんな？　お金要求したりとかするんですか？」

「信用っていうか……」

しずくはかわいらしく首をかしげた。

「見た目はすごく若いんだけど、なんていうか、本当のことなんでもわかっているっていうか……信用……ううん、信頼できる人ですね」

お金も勧誘もなしですよ、と笑って付け加える。みさきはごくりと息を呑んだ。誰かにこの不安を聞いてもらいたいと思っていた。けれど抱える不安を話すとなると心療内科のカウンセラーくらいしか思いつかない。だが、医者にかかれば自分が病気だと認めることになりそうで怖かった。

病気でも気のせいでもない。ほんとうに娘が狙われているのに!

「長谷川さん……わたしをそのダイオウさんという人に紹介してもらえませんか?」

「吉田さんを?」

「わたしの悪夢を……相談したいんです」

吉田みさきは娘の里佳とともに井の頭公園に来ていた。吉祥寺から二駅離れた武蔵《むさし》境《さかい》に住んでいるみさきは、今まで井の頭公園には来たことがなかった。生まれ育ったS県から引っ越したあと、武蔵境にもう五年は住んでいる。電車ですぐなのにどうして今までこなかったのか。

大きな池の周りに花を落とした桜の木々が、青々とした葉を繁らせている。日差しは強かったが池をわたる風は冷たく、木陰にいると少し肌寒いくらいだった。

平日だが、池の周りを散策する人々の姿がぽつぽつ見える。穏やかな午後だ。

「ママ、おさかないるよ」

里佳が池を取り囲む柵から身を乗り出すようにして、水草の揺れる水面を見ている。

「あぶないからやめなさい」

「ねー、みて。みんな里佳のとこに集まってくるよ」

「ご飯をもらえると思ってるのよ……里佳はお魚さんのご飯もってないでしょ？」

みさきは言いながら娘の後ろから水面を見た。黒っぽい魚たちが大勢集まっている。身を乗り出す里佳と、自分の姿も見える。

そのとき、自分たちの後ろに黒い大きな影が広がるのが見えた。

（え？　なに、これ）

振り向こうとしたがからだが動かない。水面近くに集まった魚がいっせいに口をぱくぱくさせ、小さな輪を作り出した。白い波紋が重なりまるで泡が沸き立つようだ。その泡を見ているうちに視界がぐるぐると回り出した。目眩《めまい》だ。こんなところで。手を出した先に里佳の柔らかなからだがある。みさきは必死にそのからだを抱き寄せようとした。

だめ、気を失っちゃだめ。

里佳が、里佳が　池に
　落ちて　　しま

ばしゃん！　と大きな水音がして、はっと気づくと里佳はまだ柵の上にいた。

「ママ、いまなんかすごくおっきなのがね……」

里佳が無邪気な顔をあげる。みさきは膝をついて里佳を抱きしめた。

「ママ、どうしたの？」

「里佳、里佳……よかった……」

しゃらーん、と背後ですずやかな音がした。

「井の頭池には龍になる予定の鯉さんが棲んでいるんですー」

「今のは龍さんが悪いものを祓ってくれたんですよぅ」

振り向くときれいな刺繍の入った着物のような服を着た二人の子供が立っている。

その後ろに黒いカットソーに黒いデニム、スニーカーも黒い、まるで影が姿を持ったような青年が立っていた。

くせのつよい黒髪の下から、きつい視線がみさきを見つめている。

「吉田みさきだな？」

ひんやりと、木陰の風より冷たい声。

「大央炎真だ」

この青年が？　長谷川しずくから若いとは聞いていたが……

「こんにちは、僕は小野篁です」

炎真の背後からほっそりとしたスーツの青年が、愛想のいい笑顔で現れた。

「長谷川さんからお話を聞きましてね。なにかお力になれるといいんですが」

きれいな顔立ちをして安心できる穏やかな話し方。みさきはようやく詰めていた息を吐き出した。

公園の中を二人の子供と里佳と小野篁という青年が走っている。

お子さんは僕が見ていますから、と連れ出してくれたのだ。里佳は楽しそうに篁と手をつないでいた。

「それでおまえの心配事はなんだ？」

みさきは公園のベンチに炎真と一緒に座っていた。炎真はあきらかにめんどくさそうな様子でみさきの方を見もしない。だらしなく背もたれに身をもたせ、足を大きく組んでいた。

「わ、わたし……」

本当に長谷川しずくはこの男に救われたのだろうか？　信頼できると言っていたが、こんな若い男になにができると言うんだろう。見るからにやる気のなさそうな、目つきも態度も悪いこの男からは、うさんくささしか感じない。

「いえ、わたし、やっぱりいいです。帰ります」

みさきはベンチから立ち上がった。足早に立ち去ろうとしたとき、炎真が呟いた。

「黒いものが見えてんのか？」

みさきは振り向いた。さっき水面に映った黒い影、それにプールで見た黒い人の腕のようなもの。

「どうして……知ってるの」

「俺にも見えた」

炎真はちらりとみさきに視線をよこした。

「あんなものくっつけて、重たいだろう」

くっつけて？　じゃああれは。

「わたしに!?　里佳じゃないの？　里佳が狙われているんじゃないの？」

思わず責めるような口調になった。

「ガキにはなにもついてないよ。あんただ。あんたが背負ってるんだ」

「わた、し？」

炎真はベンチの背を軽く叩いた。

「座れよ。そして全部話せ。あんたと……あの娘のことを」

見えない磁力に引かれるように、みさきはじりじりとベンチに戻る。炎真の視線が怖かった。だが後ろに下がれば断崖絶壁のような気がして、下がれない。

「娘をどこから拾ってきたんだ」

三

地元のS県で夫と知り合い、結婚した。山を切り開いた新興住宅地に新居を求め、新しい生活に胸を弾ませた。

周りも若い夫婦が多く、その中に水谷《みずたに》夫妻がいた。初めて近所に挨拶にいったとき、水谷の妻を見て驚いた。高校時代の親友の里美《さとみ》だったからだ。

みさきと里美はこの偶然を喜び、すぐに互いの家を行き来する仲になった。

里美にはこの時点で二人の男の子がいた。

「もう男の子なんて大変よ」

里美がうんざり、といった顔で部屋の中で暴れ回る子供たちを見る。

「でも女の子ならもう一人くらいがんばってもいいかも」

「里美は欲張りね。二人もいるんだからもういいじゃないの」

みさきは自分の胸めがけ飛び込んでくる里美の息子を抱きしめた。

「わたしは子供なら男の子でも女の子でもいいわ」

その里美が妊娠した。みさきはその報告を複雑な気持ちで聞いた。

みさきたちには子供ができない。一度病院で検査してもらったが、これという原因はなかった。

ほしがっているわたしたちにはできなくて、もういいって言ってる里美の方にできるなんて。

羨《うらや》ましいと思った。

里美のおなかは順調に大きくなり、やがて無事赤ちゃんが生まれた。女の子だった。名前は里美の一文字を取って里佳と名付けられた。産院に見舞いにいったみさきは里美の腕の中の赤ん坊に心を奪われた。

なんてかわいらしいんだろう！

みさきは以前にもまして里美の家に遊びに行くようになった。名目は赤ん坊の世話が大変だろうから、その間、上の子を見ててあげるというものだった。

里美は感謝してくれたし、ときどき赤ん坊を抱かせてくれもした。

「かわいい！　やっぱり女の子はいいわねえ」

ピンクや花柄のベビーウエアや帽子を見ると、里美の娘の里佳に買ってやりたくなる。実際何着も買ってしまって、あまりあげるのも押しつけがましいかな、とタンスにしまい込んだりもした。

一歳をすぎると里佳はもうずいぶんおしゃべりするようになった。女の子は男の子より成長が早いって本当ねえと里美と話した。

里美の娘にのめりこんでいくみさきを夫が心配して言ったことがある。

「あんまり水谷さんとこに入れ込まないほうがいいぞ」

「だって……里佳ちゃんがかわいいんだもの」

注意されてみさきはむくれた。

「三人もいるんだもの……一人くらい、くれたっていいじゃない……」

「お前、そんなこと水谷さんに言うなよ？」

「言わないわよ」

自分の呟きが非常識なことくらいわかってる。しかしみさきの里佳をかわいがる様子は、親友にも不安を与えたらしい。

「上の子たちを幼稚園にいれたから……もうみさきの手をわずらわせることもないわ」

里美は遠慮がちにみさきにそう言った。みさきはショックを受けた。

「里美、わたしが迷惑なの?」

「そうじゃないけど……」

「わたしだって、わたしだって里美みたいに子供に恵まれたら……」

その月はずいぶん雨の多い月だった。里美に言われてからみさきは彼女の家には行かなくなっていた。

だが時折水谷家の前を通ると、子供たちの声が聞こえないかと立ち止まり、耳をすましていた。タンスの中のかわいいベビーウエアや、手の中におさまる小さなベビーシューズを取り出して泣くこともあった。

(わたしは里佳ちゃんがかわいいだけなのに)

久しぶりに雨があがった午後、みさきは家の前に流れてきた木の葉などを箒《ほうき》で掃除していた。そのとき、サンダルをはいた足がふと痺《しび》れた。いや、痺れではない、震動だ。地面がかすかに動いている。

(地震?)

ゴオッと後頭部に風がぶつかった。振り向くと裏山が大きく動いていた。木々が揺れ、黒い土煙があがっている。

なに? と思ったのと同時に、ドオンと爆発するような音がして、黒い塊が屋根の上に見えた。みさきは箒を握りしめたまま走った。

間一髪、土砂が自宅とその隣、二、三軒を飲み込む。目の前で大きく口を開けた土のばけものが、ぱくりと家の屋根を飲み込んだように思えた。

土砂は、腰を抜かして座り込んだみさきのすぐ足下まで流れて止まった。

みさきは全身をぶるぶると震わせながら、家があった場所を見た。そこは子供が木切れを突き刺し、でたらめに作った砂山のようになっていた。

(家が――)

荒い呼吸をしながら周りを見回すと、水谷家も半分つぶれていた。

「里佳ちゃん!」

抜けていた腰に電流が流れたように、みさきは立ち上がっていた。駆け出して水谷家の玄関を叩く。

「里美! 里佳ちゃん!」

ドアはひしゃげて開かなかった。みさきは庭に回って割れた窓から中に入った。

「里美!」

泣き声が聞こえた。この声は知っている。里佳だ。やはり家にいたのだ。

閉まっていたふすまを体当たりで外し、居間に入ると、里美がタンスの下で倒れていた。

「里美! しっかりして!」

タンスを持ち上げようとしたが動かない。里美はうめいて顔をあげると、しっかりした目でみさきを見た。

「みさき……」

「里美、大丈夫よ！　すぐに助けるから」

「みさき、里佳をお願い」

里美の視線が隣室に向いている。みさきは隣の部屋に飛び込み、布団の上で泣いている赤ん坊を抱き上げた。

「ああっ、里佳ちゃん！　よかった……！」

すぐに里美のもとへ戻り、腕の中の娘を見せた。

「里佳ちゃんは大丈夫よ！　怪我もないわ！」

そのとき、再びゴォッと深い音がして、家が不気味に震動した。

「逃げて」

里美が言った。

「早く、里佳を連れて逃げて！」

「でも、里美……」

「いいから先に行って！　必ず迎えに行くから」

「わ、わかった、すぐに救助がくるから！」

みさきは赤ん坊を抱えて窓に走った。振り向くとタンスの下で里美の両腕がもがいていた。

「お願い！　必ず……迎えにいく……から……っ！」

窓から飛び降りて庭を走り道路に出たとき。

さっきよりも大量の土石流《どせきりゅう》が、完全に水谷家を押しつぶしてしまった——

「里美の……ほかの子供たちは近所の公園に行ってて無事でした……。でも、水谷さんは里美を失い、家を失い、すっかり気落ちして毎日の生活もままならないようでした。わたしたち夫婦は水谷さんと話し合って……一番末の女の子を……里佳を……養女にもらったんです」

「それがあの子か」

炎真は司録と司命と遊んでいる里佳を見て言った。みさきはうなずいた。

「わたしは里美を見殺しにして……里佳を奪ったんです」

「そうじゃねえだろ」

みさきの言葉に炎真は強い調子で答えた。

「おまえの親友は娘を助けてくれって言ったんだろう？」

「それでもわたしは後悔してます。もっと本気を出していれば、里美を救えたんじゃないかって」

　みさきは顔を覆った。

「だから里美はわたしを恨んで……里佳を奪い返しにくるんです」

　あのとき畳の上でもがいていた里美の腕が、記憶から消えない。二本の手がなんども畳の上を這い、叩き、ひっかいていた。

「七歳までは神のもの……わたしの子供じゃないから、だから里佳が七歳にならないように、里美が里佳を取り返しに」

　みさきは炎真に今までの事故のことを話した。三歳のときから毎年里佳が危険な目に遭っていると。

「そいつが里美の仕業だと思っているのか」

「だってそうでしょう？　あなただって見たんでしょう、黒い影を！」

　みさきは立ち上がって叫んだ。

「さっきも里佳が池に落ちそうになったんだもの！　里美よ、里美が来るのよ！」

「ママ！」

　悲鳴のような声が聞こえてみさきは振り向いた。里佳が怯えた表情で立ちすくんでいる。後ろには篁や、着物の子供たちがいた。

「里佳！」

みさきは飛びつくように里佳に駆け寄ると、その小さなからだを抱きしめた。

「大丈夫よ、ママが、ママが必ず守ってあげるから！　誰にも渡さないから！」

「……おい」

炎真が立っている二人の子供にむかってあごを向けると、「はいはーい」と楽しそうな返事が聞こえた。

「吉田みさきさんの記録でーす」

記録？　とみさきが顔を上げると、炎真の手にいつの間にか巻物があった。炎真はそれをざっと広げると、顔を左右に動かして、中を読む。

「ふん、やはりな」

炎真の手の中で巻物はひとりでにくるくると巻き取られた。

「吉田里佳」

炎真が里佳の名を呼んだ。里佳は振り向いたが、みさきは娘のからだを隠すように両手を広げた。

「お前は母親が好きか？」

炎真の声にみさきの陰で里佳はぱっと顔をあげる。

「す、好き」

小さいがしっかりした声だ。みさきが里佳の顔を見ると、里佳は大人びた笑みを浮かべた。

「里佳、ママのこと、好きよ」

「そのママが苦しんでいる。おまえは母親を助けたいか？」

「里佳、いいのよ。なにも言わなくていいの」

みさきは不安にかられて里佳の頬を両手で押さえた。ママが好き、と言ってくれるだけで満足だ。

「ママが好きならはっきり答えろ。おまえは四歳のときにプールで溺れそうになった。五歳のときはブランコから落ちた。覚えているか？」

里佳はこくりとうなずいた。

「そのとき、おまえを助けたのはだれだ？」

「ママよ！　ママが助けてくれたの」

里佳が大きな声で答える。

「では、プールに沈めようとしたのは、ブランコから突き飛ばしたのは、だれだ？」

「……」

きゅっと里佳は唇を結んだ。炎真を睨むように見つめている。

「答えろ、吉田里佳。その答えが母親を救うんだ」

　とたんに里佳の視線が揺れる。弱々しい目で炎真とみさきを交互に見た。

「……ほんとに？」

「里佳、だめよ、答えなくていい！」

「おまえの母は真実を知る必要がある」

　里佳は振り仰いでみさきの顔を見た。見開いたその目の中に自分の顔が映っている。

「里佳……まさか……」

「ママ……」

　里佳の顔が苦しそうに歪む。唇がわなないて、その中のこわばった舌がそっと動いた。

「ママ、です」

「うそよ！」

　みさきは悲鳴を上げた。

「うそっ、うそよ！　だって黒いのが……っ、あんただって見たって！」

　指を突きつけられ、炎真はいやそうな顔でその指を払った。

「あれはおまえの妄念だ」

「もう、……ねん？」

「あんな風に自分で見えるのは珍しいがな」

軽くため息をついた炎真は手の中の巻物をぽんと後ろに放った。二人の子供があわててそれをキャッチする。

「ちょっとー。大事にしてくださいよー、エンマさまー」

「そうですよぅ。これから先も記録されるんですからぁ」

「うるせぇよ。とっととしまえ」

炎真が振り向いて怖い顔をすると、子供たちの姿がしゃらーんという音と一緒に消えた。だが、今のみさきはそれにも気づかない。

「妄念ってなによ！」

「おまえが親友を見捨てたと思いこんでる後悔、娘を奪ったんじゃないかと思っている罪悪感、娘が七歳まで生きられないんじゃないかと思う恐怖、不安……そういう負の念がこりかたまって澱《おり》のようになっているんだ。あれはおまえ自身の心に棲む鬼だ」

「そん、な」

「おまえは敵がほしかったんだ。だから心からあふれて姿をとった。敵と戦う母親という像を完成させるために」

炎真の口調は責めるものではなかった。ただ事実を告げているだけだった。だが、その言葉はみさきの心を深く貫く。

「三歳の事故は本当の事故だった。おまえはそのとき娘を命がけで救った。おまえは思っただろう、娘を助けた、母親である自分が助けたのだと」

三歳のお宮参り。ひるがえる花のたもと。驚きに見開かれた里佳の目。

石段に背中をぶつけて息が止まるほど痛かったが、しっかりと腕の中に里佳のからだを抱きしめていた。わたしが助けた、だから里佳は生きている！

「おまえはそれで大きな満足を得たんだ。四歳と五歳のときの事故は、その満足を得ようと妄念に駆られるままに起こし、そしてまた助けてひとりで悦にいっていたんだ」

心臓が痛いくらいに脈打つ。違う、嘘よ、と叫ぼうとしたが、舌が石になったかのようにこわばり動かなかった。

「六歳のときは急性虫垂炎になった。だからおまえは自分の手を汚さず、娘を看病する母親という役割を得ることができた。だが自分のしたことではないからまだ不安が残っているんだ。それが今の影を生んだ」

「――そんなはずない……っ！」

ようやくそれだけ言った。けれど確かに三歳のときも四歳のときも五歳のときも、里佳を傷つけたものの姿はなかった。自分も、誰も見なかった。黒いもの、悪魔、それは――。

「そういう心の病気もあるんです。代理ミュンヒハウゼン症候群というものです。母親が子供を看病することで強い満足を得るという……」

黙っていた篁が小さな声で言った。

「ただ、吉田さんの場合はまったくの無意識でした。おそろしいほど強い念に操られていたともいえます」

「わたし、わたしは……」

涙で娘の顔も見えなかった。

「わたしが……悪魔だったの……？　わたしが……里佳を」

「ママッ！」

膝から下の感覚がなくなり、ガクガクと地面に膝をついたみさきの首に、里佳がしがみついてきた。

「違うもん！　ママは悪魔なんかじゃないっ、ママは里佳のママだよ！」

「わたし……」

里佳は涙でいっぱいの目できっと炎真を見上げた。

「あっちいけ！　ママをいじめるなっ、ばかっ！」

「しっかりしろ、吉田みさき」

殴りかかってくる里佳を片腕で押し退け、炎真はみさきの目の前に顔を突き出した。

炎真の黒く、深い瞳がみさきを射竦《いすく》める。

「心を強くもて。おまえは誰の母親だ」

ひくっとみさきののどが動く。答えたかったのに声が出ない。

「敵はおまえの心の影だ。おまえはおまえ自身に勝たなきゃならない。おまえの友人は、水谷里美はおまえにすべて託したんだぞ」

「……さと、み……」

「見ろ」

炎真が指さす。その先には井の頭池があった。その池の水面に、ひとりの女の姿があった。

「さ、」

(みさき……)

それは水谷里美のほっそりとした姿だった。

「さと、み」

(みさき……りかをたすけてくれて……ありがとう……)

「里美……」

みさきは手を伸ばした。里美もまた腕を伸ばす。あのとき、畳の上を這っていた白い腕。だが、今その手は優しく広げられていた。

（むすめをおねがい……あなたなら……だいじょうぶ）

「──里美っ、里美！」

みさきは突き動かされるように立ち上がり、池に駆け寄った。

「わたし、あなたが羨ましかった！　妬《ねた》ましかった！　憎んでた！　でも、でも、好きだったの、ほんとよ！」

（しってる……）

里美は肩をすくめて照れくさそうに笑った。

（ともだちだもの）

「さと、……み……」

キラキラと、里美の姿はほどけるように消えてしまった。あとには大きな波紋がひとつ、池の上に残っているだけだった。

「里美……ごめん、ありがとう……ごめん……なさい……」

池の柵にしがみつき、泣いているみさきの腕に温かく柔らかなものが優しく触れた。

涙で洗われた瞳を向けると、里佳が心配そうな、不安そうな顔で見つめている。

「ママ、……どうしたの？　なんで泣いてるの？　どっか痛いの？」

「里佳……」

みさきは娘の顔と池の上を交互に見た。水の上はただ風が渡り、かすかなさざ波をたてている。

「いま……里美がいたのよ……里佳」

「さとみ？　だぁれ？」

見なかったの？　と言おうとして、みさきは炎真がいないことに気づいた。

「あの人は……炎真さんは……？」

「いっちゃったよ。里佳がやっつけた！」

里佳が得意げに言う。みさきは顔を手でごしごし擦って立ち上がった。そばには誰もいない。二人の子供も、スーツの青年も。

「あんなやつ、ママを泣かしてひどいっ！　里佳、怒ってやったからね！　もう大丈夫だからね！」

里佳が小さなこぶしを握って叩く真似をする。みさきはそんな娘を抱きしめた。

「ちがうの、今の人はママの間違いを直してくれたの」

「間違い？」

「里佳……」

みさきはしゃがんだまま、里佳の両手を自分の手で握り、幼い顔を見上げた。

「ママ、里佳にひどいことしたね。ごめんね……」

四歳のとき、浮き輪の下から里佳の足をひっぱり、その体を水の中に沈めた。細い足首の感触を覚えている。

「里佳を大切に思っていたのに……なんであんなこと……ごめんね、ごめんなさい」

五歳のとき、ブランコを漕《こ》いでいる里佳の背中を突き飛ばした。びっくりするくらい軽く、里佳は空に飛び上がった。その薄い背中の感触。

「でもママはすぐ里佳を助けてくれたよ。だからへーき!」

里佳は大きな笑みを見せる。不安もあっただろうに、この子はわたしを信じている。

「もう……絶対しない……、約束する。里佳はママの子、神様の子供でも悪魔の子供でもない、ママの大事な大事な子供」

「うん。ママは里佳の大事な大事なママよ」

みさきは娘を抱きしめた。腕の中の熱い体、息づく小さな命。かけがえのない、大切な子供。いつかは伝えよう、自分より娘の命を選んだ本当の母親のことを。その彼女から託された大切な娘だということを。

(里美……あなたにも約束する。里佳はわたしが守る、きっと大切に育てる。そうしたら……そのときはわたしを迎えに来て。うんと自慢するから……)

みさきは胸の中で親友になんども語りかけた。

終

「これであの吉田みさきさんは妄念に駆られることもなくなるでしょうか？」

「大丈夫だろ、後悔や罪悪感も今日ので薄れただろうし、これからは自分の意識に向き合うだろうから」

炎真と篁は井の頭公園の出口に向かっていた。

「それにしてもタイミングよく水谷里美さんを呼び出せましたね」

「ああ、ありゃあ……」

「あたしだよ」

篁が声に振り向くと、薄紫のひとえを着た女が朱色の唇を横に引いて笑っている。

「これは――弁天さま」

篁が長身を九〇度に折って頭をさげる。井の頭池に祀られている水の女神だ。

「水谷里美の姿を弁天に写して思いを代弁してもらったんだ……弁天に代弁……」

炎真は自分の言ったせりふに受けて笑い出す。弁天はふんっと鼻を鳴らした。

「笑い事じゃないよ。周囲に結界も張ったりして大仕事だったんだから」

「ああ、それであの場に他の人たちがいなかったんですね」

篁がぽん、と手を叩く。炎真とみさきのやりとりは、無関心な通りすがりにも奇異の目で見られるかもしれない。弁天の心配りに感謝する。

「まったくこの地獄の王様はそういうとこ大ざっぱなんだから」

「些末《さまつ》なことだ。どうせ死んだらわからなくなるだろ」

弁天と篁は炎真の言葉に顔を見合わせた。

「ほんと、雑ですね」

「ねえ？」

「うるせえぞ」

弁天はやれやれと首を振り、薄紫の着物の袂《たもと》から財布をとりだした。

「仕事も終わったし、風も気持ちいいし、生ビールでもいっぱいやらないかい？」

「おっ、わかってるじゃねえか、弁天。さすが日本一のいい女」

「やだねえ、おっさんみたいに」

三人は公園を出るといつもの焼き鳥屋へ向かった。今日のビールもおいしいはずだ。影を払った青空に、乾杯できるグラスだから。

第五話
えんま様の帰還

busy 49 days
of Mr.Enma

序

重い扉が押し開かれ、蔵の中に光が入る。風が入ったことで中の埃が舞い上がり、日差しにキラキラと躍った。

「こちらです」

老婦人の案内で、地蔵路生《みちお》は蔵の中に雪駄《せった》の足を踏み入れた。

「この二階……この蔵はわたくししか入りませんからね、埃だらけでごめんなさい」

入り口近くにあった分厚く黒い木板の階段を上る。きしりともみしりとも言わないのは、しっかり作られているからだろう。

二階は天井が低く、背の高い地蔵では梁《はり》に頭がつきそうだった。明かりとりの小さな窓から陽光が入り、下よりもかなり明るい。

「これですよ」

老婦人が上にかかっている風呂敷をとって見せてくれたのは、シンプルな額に入った一枚の水彩画だった。それほど大きくはない。両手で持って抱えられそうなくらいで、描かれているのは女性だった。

「あんまり上手じゃないでしょう？　それでも当時のわたくしの目には名画のように見えました」

それは昔の少女雑誌の挿し絵を真似たような絵で、確かにあまりうまくはなかった。しかし、いきいきとした笑顔の美しい少女の姿は、こちらも見ていて楽しくなるほどだった。

「わたくしの姉が……描いた自画像です」

「お姉さまの」

老婦人は懐かしそうに目を細めた。

「わたくしの家は昔からこの八王子にあって、江戸の頃から豪農でした。庄屋《しょうや》を長くつとめ、幕末には帯刀《たいとう》・名字も許されました。明治、大正、昭和、平成と続き、今は令和ですか。思えば長く続いたものです」

「これからも続きますよ」

「どっちでもいいですけどね」

老婦人はたもとを口にあて、ころころと少女のように笑う。

「名家と呼ばれたこの家で、わたくしはそれはそれは厳しくしつけられました。口ごたえは許されず、なにか粗相をすれば庭の木に縛り付けられたり、一日中正座させられたり。今なら虐待と言われるんでしょうね。でもあの時代はそれが普通で、親のいうことをちゃんとできない自分が悪いのだと思っていました」

老婦人は絵を見ながら静かに言った。

「それでもつらくなると、わたくしは姉に甘えました。姉は家で唯一わたくしの味方でした。わたくしは姉のように親の期待に応えられる存在になりたかった。姉はとても優秀で、そしてわたくしに優しかったんです」

老婦人の小さな手が、絵の表面を優しく撫でる。

「姉は絵を描くのが好きでした。風景画や静物画、人物画。でも一番好きだったのはこんな少女絵でした。でも当時はこういう絵は大衆絵と呼ばれ、芸術とは見なされていなかったんです」

「当時は中原淳一《なかはらじゅんいち》さんなどが人気でしたね」

老婦人は地蔵の言った名前に懐かしそうにうなずいた。

「親にとって大衆絵は価値のないものでした。だから姉はこの蔵でこっそりと描き、わたくしだけに見せてくれたんです。わたくしも大好きでした」

地蔵はもう一度絵に目を向けた。確かに中原淳一の影響の強い絵だったが、ちゃんと姉という人の個性も見て取れる。

「でもその姉は……わたくしが小学校を卒業した年に、消えてしまったんです」

「消えた？」

突然の言葉に地蔵は目を見開いた。死んだ、でも、出ていったでもなく。

「ええ。この絵の中に入って」

老婦人はそう言うと、ふふっと笑った。

「子供の思いこみかもしれません。わたくしの記憶違いかも。この絵の中に入っていったなんて、今ならわたくしだって信じません」

「でもお姉さまはいなくなってしまわれた」

老婦人はうなずく。

「それ以来、家族のだれも姉の話はしません。家族だけでなく、屋敷のものも、そんな人間はいなかったというように。もちろんわたくしもです。言える雰囲気ではありませんでした。そんなふうに姉の存在を完璧に消して……哀しいことに、わたくしは姉の名前ももう忘れてしまいました」

「お姉さまの名前を？」

「はい……」

老婦人はじっと絵を見つめ、額の上部の埃を指先でぬぐった。

「姉の形見なのに、子供のお小遣いではこんな質素な額しか買ってあげられなかった」

「お姉さまに会いたいですか？」

地蔵が言うと、老婦人は不思議なことを聞かれた、というような顔をして、こちらを見た。

「いいえ、そんなことは考えたこともありません。姉はきっと……この家を逃げ出して、まったく別の人生を歩んでいるんです。きっとそこで幸せに生きたんです。わたくしはそう思っていました。だから」

ふわりと風呂敷が絵にかぶせられる。

「だからいいんです。姉に会わずとも。今までも、これからも……」

一

メゾン・ド・ジゾーの自室で、炎真はコンビニで買ってきたシュークリームとエクレアを睨んでいた。どっちを先に食べるべきかという、高尚な問題に悩んでいたのだ。

そこに大家の地蔵がやってきた。

「エンマさま。覚えていらっしゃるでしょう？　八王子の神宿《かみやどり》美禰子《みやこ》さん」

地蔵が言った名前に炎真は首をひねった。かわりに篁が「はいはい」と答える。

「スーパーで会った方でしょう？　誘拐騒ぎの」

「ああ、あのばあさんか」

炎真も思い出した。親族に頼まれたらしい二人組が、美繭子を拉致し、車で連れ回していたのだ。それをたまたま通りすがったエンマたちが救った。

「あの方は確か八王子の大地主さんなんですよね」

篁の言葉に地蔵がうなずく。

「先祖代々八王子の方で、ずっとあの辺りを治めていらっしゃったんです。不動産だけでなく、戦後はいろいろ手広くやられて会社もいくつか持ってらっしゃいます」

「おまえとは不動産つながりなのか？」

地蔵は日本の辻《つじ》を守る神だ。あちこちの辻に小さなほこらが、あるいは石仏が置かれている。そのネットワークを利用して、不動産業を営んでいるのだ。

「ええ。八王子の方の土地をいくつか任せていただいてます」

地蔵はエンマに答えた。

「その神宿さんが、九〇歳のお誕生日会を開かれるんです。昔はちょくちょくされていたようなんですが、お庭を開放してパーティを」

「行かねえぞ」

最後まで言うまえに、炎真が地蔵の言葉を遮った。

「そんなつれない、エンマさま」

「俺はもうじき帰らなきゃならないんだ。八王子まで行ってババアのご機嫌伺いするよりは、新宿でデパ地下巡りをしたい」

エンマは現世のスィーツが大好きだ。和菓子に洋菓子、コンビニスイーツからスイーツビュッフェ、たった四九日の休暇で食べきれるものではない。

「先日のお礼もしたいとおっしゃってますし、ぜひ篁さんや司録や司命も連れていらしてくださいよ」

「いやだ」

とりつく島もなくそっぽを向く炎真。申し訳なさそうに頭をさげる篁を見て、地蔵は奥の手を出した。

「神宿さんは製菓メーカーの筆頭株主でもいらっしゃるんですよ……」

後ろを向いた炎真の耳がぴくりと動く。

「園遊会にも高さ二メートルのバースデーケーキが。世界で認められたパティシエもこの日の為だけのオリジナルスイーツを持ってくるとか」

炎真の肩が持ち上がった。効いてる効いてると地蔵は菩薩にあるまじき悪い顔でにやりとする。

「そしてなんと……！　園遊会の目玉は人が入れるお菓子の家です」

地蔵は白い招待状らしきカードをひらひらとさせた。

「仕方ねえなあ」

振り向いた炎真の顔がとろけている。

「そこまで言うなら行ってやるよ」

エンマはそう言ってエクレアの袋を開けた。


午後、部屋を出た炎真はアパートの前で森田琴葉《ことは》に会った。以前、琴葉から、祖母に似た幽霊が出るらしいと相談を受け、調べたことがある。その後、彼女の友人の旦《たん》野夏摘《のなつみ》からも相談を受けた。

「こんにちは、大央さん」

「おう」

炎真は軽く手をあげた。

「友達は元気か？」

「はい、お姉さんも結婚式の準備でお忙しいようですよ」

「そうか……これから大学か？」

「はい」

微笑んでうなずいた琴葉は、「あら」と目を見張った。くんくんと鼻を上に向ける。

「なにかしら……いい匂い」

「ああ、ホイコーローじゃないか」

「どこかの部屋で作ってるんですかね。やだ、さっき食べたのにまたおなかすいてきた」

琴葉が肩をすくめる。大学へ向かった彼女を見送ったあと、炎真は匂いをさせた空き部屋を振り返った。

「ほんとだな、いい匂いさせやがって」

まあおなかがすくという弊害くらいしかないから、見逃してやるか。

コンビニへ向かう途中で電信柱に額を押し付けている老女を見かけた。体越しにうっすらと柱が透けて見えたので生きている人間ではないのだろう。

いったん無視しようとした炎真だったが、二、三歩過ぎ立ち止まった。ため息をついて戻ってくる。

「おい、ばあさん。なにしてんだ」

炎真が声をかける。最初は反応がなかったが、何度か呼びかけているうちに、老婆は電信柱の方を向いたまま顔をあげた。

「お友達のおうちに行こうと思ってるんですけどね。このあたりのはずなんですけどね。どうしてもこの先にすすめないんですよ」

「友達《だち》のうちはそっちにはねえよ。俺が送ってやる」

「家へ戻るのはいやなんですよ。息子と嫁がアタシのことで毎日ケンカしてんだもの。それに夜まで戻ってくんなって言われてんですよ。一生懸命育てた息子に家を追い出されて毎日毎日ほっつき歩くのがどんなに辛いことか」

老婆はどんどんうつむいて、あごを胸につけてしまった。

「生きているときはいろいろあったかもしれねえが、今はもうなにも辛くはねえよ」

炎真の言葉に老婆は少しだけこちらを向いた。

「やっぱりアタシは死んでるんだね」

「ああ、そうだ。おまえの逝くべき場所を教えてやるよ」

「お兄さんは死神かい？」

「似たようなもんだ」

「だったらあの世へ行く前にひとつだけ頼みがあるんだよ」

炎真は空を渡っている死神を呼び寄せた。つばのある帽子をかぶった白い服の男が慌てた様子で降りてくる。

「この婆さんをあの世に送ってやってくれ。そのまえに、一度この街を空から眺めてみたいそうだ。銀座、日本橋……スカイツリーのあたりまで飛んでやってくれ」

死神の顔を見た老婆は喜んだ。

「おやま、こんな色男に案内されるなんて嬉しいね」

「満足したらあの世へ行けよ。友達もいるかもしれねえからな」

「お兄さん、ありがとね」

老婆が死神と空へ昇ってゆく。それを見送っていると「大央さん」と声をかけられた。振り返ると制服を着た女子高生が立っている。

「よお、四方田佳帆《よもだかほ》」

「電信柱になに話しかけてたんですか？」

佳帆は結んだ髪を揺らして炎真に近寄ってきた。

「いや、ここにいたんでな」

「えっ、もしかして幽霊ですか？　さすが、霊能力者さんですね！」

行方不明になった友人のことで、地蔵を通して相談を受けた四方田佳帆は、炎真のことを霊能力者だと思っている。

「元気か？」

「はい。オカゲサマで」

佳帆は笑ってうなずいた。親友を失うという辛い過去を、彼女はなんとか乗り越え日々を過ごしている。

「最近、結唯《ゆい》が読んでた近代文学を追いかけて読んでるんです」

佳帆はこっそりと、秘密を打ち明けるように小声で言った。

「明治の文豪さんとか。でも読んでてなんだか今の私たちと変わらないなと思ったりします。人に対する気持ちとか、価値観とか。結唯もそんなふうに感じてたのかな」

友人の死を経て、佳帆は別な世界の扉を開く。生きている人間だからこそ、変化していく。

前を向いて歩いてゆく佳帆を見送り、炎真もまた歩き出した。

ようやくコンビニにたどり着き、炎真は目的のアイスボックスに張り付いた。一日二個はアイスを買ってもいいと篁に言われている。二個くっついているパピコにすべきか、ガリガリ君にすべきか、悩みどころだ。

ピンポンとコンビニの入り口のチャイムが鳴り、幼い男の子と女の子が入ってくる。女の子が、アイスボックスに身を乗り出している炎真を見つけ、甲高い声をあげた。

「エンマサマー！」

炎真はぎょっとしてからだを起こした。以前このコンビニで菓子パンを盗んだことのある、日陽《ひなた》と真由美の兄妹だ。

「こんにちにはー、エンマサマー！」

日陽が大きな声で挨拶する。それに炎真は「しいっ」と指を口の前に立てた。

「あんまりでっかい声でエンマエンマ言うな。この名前はこっちじゃ有名人なんだから」

「ごめんなさい」

日陽があわてて謝る。炎真は手に持っていたパピコに目を落とし、「アイス食うか？」と聞いた。

コンビニを出て三人で公園に向かい、ベンチに座ってアイスを食べた。

「あれからあの男は来てないだろうな？」

炎真の言葉に日陽は「うん！」と元気よく答えた。

「ぜんっぜん、来ない！　ありがとうね、エンマサマ」

兄妹や母親に暴力を振るっていた男を成敗したのは、炎真が現世にきてすぐのことだ。

「あれからママはどうしてる？」

「おしごとしてるー」

真由美がはいはいっと両手をあげて答える。

「ママ笑ってるよー」

日陽もまけじと手をあげる。

「まゆみねー、ようちえんいってんのよー」

真由美が嬉しそうに報告した。今までは暴力男が金がもったいないと言い行かせてもらえなかったのだ。

「おうちの前までバスで送ってくれるんだ。それでママが帰ってくるまで、児童センターで真由美と遊んでるんだ」

「そうか。ママもおまえもがんばってんだな」

炎真は日陽の頭をぐりぐりと撫でた。日陽は得意そうに笑う。まだ小学生になったばかりだが、妹の面倒をよくみる兄だ。

「あっ、おっきいワンワン！」

真由美がベンチから立ち上がって叫んだ。

「ワンワン、おにいちゃん、ワンワン！」

指さす方を見ると、公園の入り口に安藤昴《あんどうすばる》と飼い犬のヤマが立っていた。昴は炎真に手を振っている。

「よお、昴。ヤマ」

ヤマのリードを引いて、昴は子供たちを怖がらせないようにゆっくりと近づいてきた。

「こんにちはエンマさま」

年上らしく、昴は日陽と真由美にも「こんにちは」と挨拶する。真由美は目を見張って大きなヤマを見つめ、日陽はちょっと身をすくめ、炎真のそばに寄った。

「なんだ、日陽。犬が怖いのか？」

炎真がからかうように言うと、日陽はきっと顔を上げて、「怖くないもん！」と返事をした。

「ヤマはおとなしくて怖くないよ。撫でてみる？」

昴が日陽と真由美に向かって言う。真由美はすぐに近寄って、そうっと腕を伸ばした。

「下から撫でるといいよ」

昴が言うと、水をすくうようなしぐさでヤマの顎の下に触れる。ヤマはじっとして小さな手がくすぐるのを許した。

「かーわいーねー」

真由美はすぐに慣れてヤマの大きな顔を撫でる。日陽はそれを見て意を決したのか、近づいた。

「……この犬ね。エンマさまに助けてもらったんだ」

昴がそんな日陽を見て言う。それに日陽は驚いて昴の顔を見上げた。

「……ボクと同じだ」

日陽がそっと手を伸ばすと、ヤマの顔が動き、ペロリと長い舌が指先をなめた。

「ねー、ワンワン、おめめしろいね」

真由美が不思議そうに言う。ヤマの右目は栄養不足と暴力のせいで白内障になっていた。昴はうなずいて、

「うん。僕が間に合わなかったから……。でも今は僕がヤマの目の代わりだよ」

日陽はヤマのすべらかな白い毛を撫でた。

「ヤマって言うの？」

「うん。エンマさまにもらった名前だよ」

真由美はもうヤマの首に両腕を回している。

「ワンワン、おひさまのにおいするー」

短い毛に顔を埋め、ぐりぐりと擦りつける。ヤマは子供のそんな暴挙にもじっと耐えていた。

「昴。こいつらは日陽と真由美だ。家も近いしときどきヤマと遊ばせてやってくれ」

炎真が言うと、昴は「うん、いいよ！」と二人に笑顔を見せた。日陽と真由美もぱあっと笑って昴を見上げる。

「これから友達のさっちゃん……錦織《にしきおり》って女の子のとこの犬のお見舞いにいくんだ。一緒にいく？」

昴の言葉に二人はうなずいた。

「じゃあね、エンマさま」

「さよーならー」

「バイバイー」

三人と一匹が公園を出ていくのを炎真は見送った。小さな子たちと一緒にいると、昴もお兄さんらしく見える。

風が炎真の前髪を揺らし、一瞬視界を遮った。その隙に、手にしていたガリガリ君の袋を奪ってゆく。

「おっと」

舞い上がった水色の袋を追いかけて、炎真もベンチから立ち上がった。

井の頭公園に行くと、池のほとりで水面をのぞき込んでいる女がいた。今日は花模様のひとえを着ている。

「過保護すぎるんじゃねえのか、弁天」

声をかけると女が振り向き、細い眉をひそめた。

「いいじゃないか。どうせ、もう最後の龍候補なんだし」

「最後かい」

江戸の昔から池にひそんでいる鯉が龍になる。その日をずっと水の女神は待っているのだ。

「もうこの国のどこにも龍は顕《あらわ》れないかもしれないねえ」

「そんなこたぁねえだろ。神や龍やあやかしや……そんなものを信じる人間の思いはまだまだ存在する。おまえだって賽銭稼いでるだろう」

「ゲスなことをお言いでないよ。それでも前よりはずっと薄くなってるって、あんただってわかるだろ」

炎真は柵によりかかり、池を眺めた。

「薄くったっていいじゃねえか。信じる心は消えやしねえ。ふだんは忘れてても、ふとしたことで思い出す。自分がなにかに守られていることを」

波紋がふたつ、みっつと広がった。池の龍があいづちを打ったのかもしれない。

「そういえば、あんた、そろそろ帰るんだろ」

「ああ、そうだな」

「現世は楽しんだかい？」

「ああ、そうだな」

炎真は同じ言葉を繰り返した。

「またこの街においでよ。そのときはもう龍はいないはずだけどさ」

「ああ……そうだな」

炎真は弁天を見てにやりとした。

「もしかしたら新しい龍がいるかもしれねえしな」

二

五月の半ば、前日の強い風が雲を吹き飛ばし、その日はまるで磨いたかのようにピカピカの青空だった。

神宿家の広い庭ではガーデンパーティが華やかに催された。緑の芝生の上には白いクロスのかかったテーブルがあちこちに置かれていた。その芝生を取り囲むように薔《ば》薇《ら》や菖蒲《しょうぶ》、牡丹《ぼたん》や芍薬《しゃくやく》が咲き誇っている。

甘い香りは神宿家自慢の藤棚からだろう。白や紫、珍しい黄色の藤などが、客の目や鼻を楽しませていた。

グラスや皿を持った老若男女が、心地よい笑い声をあげながら、庭を散策している。誰もが一見して上等な衣服に身を包み、裕福な人間特有の穏やかさを持っていた。

人が多く集まっているのは主役の美禰子の周りだった。初夏の風に舞う薔薇が描かれたひとえが、ピンクに染めた髪とあいまって、華やかな風情をかもしだしている。

招かれた人々は、美禰子に誕生日のお祝いを述べ、長寿の祝いを述べ、先日の事件の安否を心配した。

美禰子は全員に「ありがとう」「うれしいわ」「もう大丈夫です」と答えながら、ひとつのテーブルに近づいた。それに気づいた着物の若い男が会釈する。

「ようこそいらしてくださいました、地蔵さま、エンマさま」

美禰子が声をかけたもう一人の男は、テーブルの上いっぱいにお菓子を集め、それを片っ端からガツガツと口に押し込んでいる。

黒いカットソーに黒いデニム。かろうじてジャケットは羽織っているが、袖を通さず肩にひっかけているだけという、周りとはあきらかにレベルの違うラフさだった。

「むぁ……ちおうに、あってぃうえ」

ロールケーキをほおばっていた炎真は、むぐむぐと咀嚼《そしゃく》しながら答えた。あわてて隣の篁が頭をさげる。こちらは三つ揃いのスーツを着て、高級ブランドのネクタイを締めていた。

「失礼しました。大変なご馳走《ちそう》ありがとうございます、と申しております」

篁の言葉に炎真はうんうんとうなずく。炎真の足下では司録と司命が芝生の上に座り込んで、冷たいスイーツやパンケーキをつついていた。二人はいつもの刺繍の入ったそでの長い服だが、帽子と簪を新調していた。

「先日は本当にありがとうございました。エンマさまたちに助けていただかなかったら、こうして誕生日も祝えませんでした」

「……もう、悪巧みをしそうなやつらはいないのか？」

菓子をようやく飲み込んで、炎真が言った。美礪子はくすくす笑った。

「ええ。悪い膿《うみ》は出してしまいましたよ」

「それは重畳《ちょうじょう》」

美禰子は司録と司命の前にしゃがんだ。

「おいしいですか？　たくさん食べてくださいね」

「あーい」

「ありがとぉございますぅ」

顔にクリームや粉砂糖をつけて答える二人に美彌子は目を細めた。

「美彌子さん、おたんじょうびーおめでとーございます」

「エンマさまがぁ、誕生日のプレゼント、買ってましたよぅ」

司録と司命の言葉に美彌子は「あらまあ」と声をあげた。

「エンマさまからプレゼントなんてなにかしら。少し怖いみたいですけど」

「たいしたもんじゃないさ。ただ地蔵のやつからあんたの姉さんの話を聞いてな」

炎真がそう言ったので、美彌子は目を見張った。

「姉、の話ですか?」

振り向くと地蔵が長い髪をサラリと揺らしてうなずいた。

「ああ、あんたは別に会いたくないそうだが、気になったんで勝手に調べてみたんだ」

「それは……」

「まあ、あとでな。俺はとりあえずこのテーブルを片づけねえと」

炎真はにやりと笑った。美彌子はとまどった顔をして、そばに立っている地蔵に目を向けた。優しい顔立ちの青年が穏やかにほほ笑んでうなずいたので、美彌子はそれ以上は聞かなかった。

「お菓子の家、すごいですー」

「壁がウエハースで、屋根がクッキーで、ほんっとにヘンゼルとグレーテルに出てきたお菓子の家ですぅ！」

司録と司命がバニラやチョコレートの甘い香りを漂わせる、お菓子の家の窓から首を出してはしゃいでいた。

「ストロベリークリームが目地《めじ》になってますー」

「マシュマロやチョコボールが壁に埋め込まれているんですよぅ」

地蔵がそんな二人の姿をニコニコしながら写真に収めていた。後ろの方で炎真が屋根のクッキーをさくさくと消費してゆく。

「エンマさま、先にこんな大物からいくと、おなかがいっぱいになってしまいますよ」

篁が炎真の腹を見ながら注意する。

「テーブルには肉も魚もあるのに、こんなにお菓子ばっかり食べなくても」

「ばかいえ、篁。お菓子の家だぞ、興奮しないでどうする」

「エンマさま、向こうの方でなんかキラキラしたことやってますよー」

司録が指さしたテーブルの方では、白い帽子をかぶったパティシエたちが、競うように腕を振っている。

「おお、面白そうだな！　行ってみよう」

炎真は子供たちを引き連れてパティシエのブースに向かった。


パティシエがボウルからホイッパーをさっと振りあげる。先が球状になっていない泡だて器だ。するとワイヤーの先から金色の糸が空中にひるがえり、たちまちテーブルの上に美しく繊細な飴糸細工ができあがった。

炎真と子供たちはそれに「おー」と声をあげ、拍手をした。

「いや、すごいな。菓子というのはただうまいだけでもすげえのに、こんなふうに見た目もパフォーマンスもすばらしいなんて」

「すばらしいのは人の食べ物への追求心だと思いますよ。腹だけでなく、目も心も満たすために日夜努力を重ねるんですから」

篁も、こちらは季節の上生《じょう》菓子を皿に載せて言った。

「一口にあんこのお菓子と言っても、あんこの種類、砂糖の種類、蒸し上げ方、香料、舌触り、とろけ具合。そしてこの芸術のような美しさ。千年の昔から、和菓子は変わらず、でも進化し、まだまだ先を目指しているんですよ」

篁は感動にふるえながら黒文字《くろもじ》で上生菓子を分け、口にいれた。

「ああ、おいしい」

「俺にも食わせろ」

「いやですよ、これ最後のひとつだったんですから」

「だったら余計、よこせ」

炎真と篁が小さな皿の上で攻防を繰り広げていると、背後で小さな驚きの声が上がった。振り向くと美爾子と同じ年くらいの老婦人が、口元に手を当てて立ちすくんでいる。

「あっ、これは失礼」

篁はすぐにその場から身を引いた。自分たちがいるテーブルには他にも菓子が置いてある。それを取りに来たと思ったのだ。

「あ、いえ、あの、」

老婦人は鮎《あゆ》の泳ぐ薄水色のひとえに、白いレースの羽織というしゃれた姿だった。小柄で篁の半分くらいの身長しかない。

彼女はじっと炎真の顔に目を注いでいる。

「なんだ？　ばあさん」

炎真がひょいと篁の皿の上から上生菓子を奪って口にいれる。

「あーっ！」

篁が悲鳴のように叫んだ。

「ひどい！　一口でいくなんて！」

「うーるせえ」

篁はがっくりと肩を落とした。だが、老婦人がまだ自分たちを見つめているので、眉を下げながらも笑顔を向けた。

「失礼しました、ご婦人。みっともないところを」

「あ、あの……」

老婦人が息を喘《あえ》がせる。言いたいことを忘れてしまったかのように、口をパクパクさせて炎真に話しかけようとしたとき。

奥の方で騒ぎがあがった。なんだ？　と首を伸ばしてみると、三つ揃いのスーツを着た初老の男が、メイド姿の女性や、スタッフの男性に押しとどめられていた。

男は顔を真っ赤にして大声を出している。その前に美爾子がしゃんと背を伸ばして立っていた。

「酷《ひど》いじゃないですか美爾子さん！　急にうちへの援助を止めるなんて。私がいったいなにをしたって言うんです」

「徳次郎《とくじろう》さん、落ち着いてくださいよ。あんたんとこだけじゃない。すべての関連会社から手を引かせてもらったんですよ」

「美禰子さんを誘拐しようとしたのは健介《けんすけ》のとこだ、うちじゃないんですよ！」

「知ってますよ。わたくしはね、もう財産をわたくしの好きなように使いたいと思っただけなんです。老い先短いおいぼれの我《わ》が儘《まま》なんです、許してやってくださいな」

「好きなようにって、寄付したりくだらない研究機関に援助したりでしょう、そんな金があるならうちに……っ」

わめき続ける男は背後から止める使用人たちの腕を振り切り、美禰子に摑みかかろうとした。その男の前にすっと黒い影が差した。

「うるせえぞ」

びしゃり、と白いホールケーキが男の顔に叩きつけられる。

「エンマさま」

美禰子が目を丸くした。炎真は手に付いたクリームを舌でなめとった。

「すまん、もったいないことをした。こいつの顔を洗うには上等すぎる」

言いながらケーキを顔に張り付けた男を軽く蹴る。男はそのまま芝生の上に仰向けに倒れた。バタバタと手足を動かしているさまは蠅《はえ》のようだ。

「美禰子、おまえもこういうのをいちいち相手にしなくていい。うるさかったら口にケーキでも押し込めばいいんだ」

芝生の上を男が使用人たちに引きずられてゆく。美爾子は笑いながら炎真に紙ナプキンを差し出した。

「ありがとうございます。また助けられましたわね」

「膿が残っていたみたいだな」

炎真はナプキンで指を拭くと、それをデニムの尻ポケットに収めた。

「そうですわね……人の感情というものはどうしようもありませんね」

「ああいうやつらは自分が損をしたとしか考えないんだな」

「決して奪っているわけではないのに、貰えるかもしれないものが手に入らないというだけで……」

「誰かが得をするというのも怖いのかもな」

炎真と美爾子は少しばかり力のない笑い方をした。

「無粋な余興で気分が下がってしまったか？」

「そんなことはありませんけれど……でもやはり身内の醜い姿にはため息がでますわ」

炎真はコキリと首を鳴らした。

「なら、少し早いがおまえに約束していたプレゼントをやるとするか」

その言葉に美禰子がはっと目を見張る。

「それは姉の……」

「そうだ。おまえが地蔵に見せたという、姉の絵を俺にも見せてくれねえか?」

三

美禰子は客や使用人たちに少し屋敷で休むと告げた。親戚のものや友人たちが心配し、付き添いを申し出る。しかし美禰子は「すぐに戻りますのでみなさんは楽しんでいらして」とやんわり断った。

美禰子は炎真と地蔵、それに篁と司録、司命を連れ、屋敷の裏手にある蔵へ向かった。大きな屋敷をぐるりと回ると、園遊会のざわめきも聞こえなくなる。

蔵は屋敷の陰になり、ひっそりと立っていた。

美禰子が鍵を外すと、篁と地蔵が蔵の戸を開けた。

「わー」

「ひろいですぅ」

司録と司命が飛び込んで床板の上でくるりと回った。

「古いものがたくさんですー」

「歴史の埃の匂いがしますわねぇ」

こちらです、と美爾子は五人を蔵の二階に案内した。二階の小さな窓を開けると、風が蔵の中をわたる。

美爾子は風呂敷をかけた絵の前に立った。

「早くみせてー」

司録がねだる。美爾子は微笑んで薄い風呂敷を払った。

「わー」

「かわいいですぅ」

子供たちが歓声をあげる。額に入ったガラスが窓からの日差しをキラリと反射した。

「すてきなお洋服ですぅ、おしゃれですぅ」

司命は女の子らしく真っ先に洋服に目がいったらしい。

「きれいな方ですねえ、これがお姉さまの自画像ですか？」

篁が言うと美爾子はうなずいた。

「少女雑誌の挿し絵が好きだったんですよ。しょっちゅう真似して描いていました」

「他の絵は残っていないんですか？」

「ええ。これ一枚きり。姉が消える前に全部処分したのでしょう」

「それなんだがな」

炎真が軽く腕を組む。

「地蔵に聞いてちょっとひっかかったんだ。いくら自分から消えたと言っても、そのあと家族や屋敷のものがまったくその話をしないというのは不自然すぎる」

「それは……両親が厳しい人でしたから……。ちょっとでも話をするとすぐに叱られましたし」

「いくら幼くても姉の名を忘れるということがあるのか？」

「覚えていたのかもしれませんが、今のわたくしには思い出せません」

「親戚も大勢いそうなのに、誰にも尋ねなかった」

「こ、子供の頃のことですから、思いつかなかったのかも」

叱られていると思ったのか、美禰子の声が小さくなってゆく。

炎真は目の前の水彩画を指さした。

「この絵の中に入って消えてしまったと」

「わたくしにはそう見えただけで……」

「俺のツテで調べてみたんだがな」

炎真は司録と司命を振り向いた。二人は自慢げに胸をそらす。

「おまえには姉はいない」

「え……っ」

「この屋敷に子供はおまえだけだ。当時としては珍しいかもしれないが」

「そんな！　わたくしは確かに姉と遊んでいました。絵を描いたり、お話を読んでもらったり」

　炎真は首を横に振った。

「それは一人きりだったおまえが作り出した幻の姉だ」

「……」

　美禰子は水彩画を振り返った。大きな丸い瞳の女の子が小首をかしげてこちらを見つめている。背景には藤の花。

「厳しくしつけられたおまえは、この蔵の中で自分が作り出した姉と遊んでいたんだ。そして小学校を卒業するとき、神宿家の一人娘として、今まで描いていた絵を捨て、この絵を描き、姉を、子供時代を封印した」

「そんな……」

　美禰子がよろよろと崩れようとするのを、地蔵と篁が助ける。美禰子は静かに床の上に膝をついた。

「だから家族も使用人も知らないんだ。おまえの姉の存在を、その名前を」

「わたくしは……姉は……どこかで自由に生きているのだと……」

「どこか知らない場所で自由に好きなように生きる──それはおまえの夢だ」

美禰子は顔を上げ、自分に微笑みかけている少女の絵を見た。

「わたくしの、夢……」

「家のために、神宿一族のために、おまえはよくやったよ」

炎真は膝をつき、美禰子の前に紙で包んだ細長い箱を差し出した。

「そんなおまえに俺たちからプレゼントだ」

美禰子は震える手でそれを受け取り、周りを見つめた。みんながうなずいたので、紙をそっと開いてゆく。

「──これ、は」

紙に包まれていた箱は二四色の水彩絵の具のセットだった。

「もうおまえは姉じゃなく、自分で自分の絵を描けばいい。誰にもなにも言われない、自由に、好きに、すればいいんだ」

「わたくしが、絵を？」

「ずっと心の底に仕舞っていたんだろう？」

「ああ……」

そうだ。何度も両親に描いていた絵をやぶられた。少女雑誌を捨てられた。分厚い豪華な画集は与えてもらっても、美禰子の好きな画家の絵は「くだらない」「下品だ」と切り捨てられたのだ。

だからずっとずっと。

絵には興味がない、好きじゃないと。

「わたくしが、絵を……」

「好きな絵を描けばいい」

美禰子のしわの多い目尻に光るものがあった。

「わたくしはもう九〇ですのよ」

「いくつからだって、人生は始められる」

「九〇の手習いなんて……」

顔をあげた美禰子の頬に、涙は伝っていなかった。

「みんな笑ってくれますわね」

「そうだな」

地蔵が手を差し伸べて、美禰子はその手にすがって立ち上がった。

「スケッチブックを買わなくっちゃ」

その声は弾んで若々しかった。

「この絵」

炎真は額の上部をこつんと叩いた。

「蔵なんかじゃなく、部屋に持っていってやればどうだい？」

「ええ、そうですわね」

「では僕がお持ちしましょう」

篁が片手でひょいと額を持ち上げた。

「あ、裏になんか書いてありますよー」

篁が持った額の裏側に回った司録が声をあげる。

「ほんとだー。マリコって書いてあります」

それを聞いた美爾子ははっとした顔をする。

「思いだしましたわ。あのころ、わたくしが一番よく描いていた女の子の絵。わたくし、マリコと名前をつけていましたの。そうだわそうだわ……」

美爾子は両手で額のガラスに触れた。

「それが姉の名だったんですよ……」

一行は蔵から出た。屋敷を回って明るい庭へ。美爾子が日差しの中で振り返る。

「エンマさま。わたくしまだまだ長生きしますわよ。当分お会いすることはないかと思いますわ」

「そうだな、まあ気長に待つさ」

炎真は地蔵と顔を見合わせて笑った。

四

時間はゆっくりと進み、風の中に冷たさを感じる頃となった。少し湿った空気が、庭の藤棚の香を強く漂わせる。

この時間になっても客は多かったが、年輩のものはそろそろ帰り始めた。

「あの……」

昼からずっと甘いもので腹を満たしていた炎真は、今はビールで一息ついていた。その彼に話しかけてきたのは、さっき会った薄水色の着物の老婦人だった。

「ああ、さっきの。俺になにか用か？」

「はい。わたくしは瀬尾智恵子《せおちえこ》と申します」

智恵子は炎真にていねいに頭を下げた。

「つかぬことをお伺いしますが、あなたのお身内に水橋市哉《みずはしいちゃ》さんという方はいらっしゃいますでしょうか？」

「みずはしいちや？」

炎真は首を傾《かし》げた。

「いや。それにあいにく俺には身内や縁者はいないんでな」

「さようでございますか……」

智恵子は悲しそうな顔になった。その伏せた面《おも》もちに、炎真はなぜか胸がそわりとうずいた。

「その水橋市哉という男……あんたのなんなんだ？」

「え……」

智恵子は顔をあげ、目をぱっと見開いた。しわ深い顔に一瞬、少女のようなあどけない表情がかぶさる。

「いや、あんたが水橋市哉に強い思い入れを持っていそうだったから……話してみないか？　墓場まで持っていくつもりなら無理にとは言わないが」

「墓場まで……」

智恵子は呟き、くすっと笑った。

「そうですね。確かに墓場に近い年寄りですからね……見ず知らずの方に話して代わりに覚えておいてもらうのもいいかもしれません」

炎真は智恵子を藤棚の下のベンチに誘った。腰をおろして上を見上げると、薄紫の花の房が、揺らめきながら列をなしている。

「きれいだこと」

「そうだな」

智恵子は花に目をあげ、すぅ……と甘い空気を吸い込んだ。

「まさか新しい元号を迎えるまで自分が生きているとは思いませんでした。わたくしは昭和の初めに生まれました。幸せな子供時代を経て、娘になった時には戦争が始まっていました」

ゆっくりと、長く重い記憶の網をたぐるように、智恵子は話し出した。

「たった七〇年ほど前です。東京大空襲というものがありました。ご存じですか？当時アメリカが、いかに効率よく日本人を殺すか、町を破壊するかだけを考えて行った攻撃です」

「ああ、知ってるよ。あのときは大変だった」

もちろん炎真が答えたのは、地獄へ大量の死者が押し寄せてきたことだったが、智恵子にはわからない。

「わたくしは看護婦として病院に勤めておりましたが、その夜、家へ戻る途中で空襲が始まりました。あちらこちらで火の手があがり、夜なのに昼間のように明るいのです」

智恵子はぶるりと身震いした。恐怖を思い出しているのかもしれない。

「どこへ逃げても燃える家ばかり……誰かが川へ、と叫んでいましたが、川はもう人でいっぱいで、そこに焼夷弾《しょういだん》が落ちて、人々は燃えながら流されていきました。地獄とはこのような場所かと思いました」

智恵子の言葉に炎真はぴくんと眉をはねあげたが、何も言わなかった。

「燃える人々を見て、わたくしはもう逃げるのをあきらめました。土手にしゃがみこみ、死ぬのを待つつもりでした。そんなわたくしの手をひっぱった人がいました……」

「それが水橋市哉？」

炎真が言うと智恵子は嬉しそうにうなずいた。

「走れ、ばかっ！　と大声で怒鳴られました。びっくりしました。今まで若い男性に怒鳴られたことはありませんでしたから」

女子校育ちでしたしね、と智恵子はくすくす笑う。

「その方はわたくしの腕をひっぱって……どこをどう走ったのか、ようやく燃えていない場所までやってきました。奇跡のようでした。わたくしはそこで倒れてしまいました」

　もう一度すうっと大きく花の香を吸い込み、智恵子は目を閉じた。

「気がつくとまだその方はわたくしのそばにいました。悲しそうな顔をして燃える東京の街を見ていました。でも、わたくしが目をさましたことを知ると、笑ってみせてくれました。そのときの顔が――」

　智恵子は目を開けて炎真を見る。

「あなたの笑い顔にそっくりだったんです」

「俺の？」

「はい。その方は手ぬぐいを出してすすで真っ黒になったわたくしの顔をぬぐってくださいました。それで朝まで一緒にいてくれたんです」

　炎真は自分の顔を押さえ、横を向いた。

「この顔は――」

　篁が用意した器だ。適当な死者を写したと篁は言っていた。水橋市哉の可能性もある。

「その方は明日静岡に行くのだとおっしゃってました。静岡で高射砲《こうしゃほう》を撃つのだと。B29になんて届きゃしねえがね、と笑ってらっしゃいました」

　朝になり、空にたくさんの黒い煙が上っていた。見渡す限りなにもなかった。まるで巨人が腕を振って地面からなにもかも払いのけたように、ただ黒い大地が広がっている。アメリカはたった二時間の攻撃で東京からすべてを奪っていったのだ。周り中こげた臭いでいっぱいだった。息をすればむせて吐き気がした。太陽は昇っていたが、煙のせいでぼんやりしていた。

「俺は駅に行ってみるよ。電車が動いてなくても、線路を伝ってなんとか静岡にいかなきゃな」

水橋市哉は立ち上がって言った。二、三歩歩いて、しかしすぐ戻ってきた。怒っているような怖い顔をしていた。

「あんた名前は？」

「谷中《やなか》……智恵子です」

「そうか、智恵子さんか。俺は水橋市哉だ。智恵子さん、突然ですまねえが、俺の嫁さんになってくれねえか？」

「えっ？」

何を言われたのかよくわからなかった。目の前の男性は冗談を言っているようにも見えない。真剣な顔だった。

「口約束でいいんだよ。そしたら俺はがんばって生きて帰る。戦っているときもあんたを守るつもりで戦える」

「そんな……」

「だめかい？」

智恵子は恥ずかしくて下を向いた。こんな大変な状況だったのに、周りが目に入らないくらいドキドキしてしまった。けれど。

「わかりました」

智恵子はそう答えていた。市哉は「やった！」と拳を握った。その場でぐるりと回り、飛び跳ねる。今、この焼けた地獄の中で、笑っているのはきっと彼だけだろう。

「ありがとう、智恵子さん」

「はい」

市哉は智恵子に手ぬぐいを差し出した。

「こんなものしかなくてすまねえが、これが誓いの品だ」

「じゃあ、わたしも」

智恵子は自分のおさげを結わえていたひもをほどき、それを渡した。

市哉はそれを自分の左手の薬指にぐるぐると巻き付け、紅潮した頬で笑った。

「必ず帰るよ、智恵子さん。あんたを見つけだして迎えに来る」

「わたし、わたし看護婦です。川橋病院に勤めてます」

「わかった」

ぐいっとからだを引かれた。声をあげる間もなく、智恵子は市哉に抱きしめられた。堅い胸板と熱い体温。背中に回った腕の強さ。

初めての異性からの抱擁に、智恵子はぼうっとなった。だが、それも一瞬で、すぐに市哉は智恵子のからだを放した。

「──じゃあ、元気でな！」

「ご無事で」

市哉が走り出す。その背中に智恵子は叫んだ。

「待ってますから！」

「──おう！」

黒い大地の上をあの人は走っていった。その姿が見えなくなるまで、智恵子はその場に立って見送っていた。

「でも、それから一〇年経って……わたしは親の勧めで見合いをして……結婚しました」

智恵子は軽く息を継いだ。

「水橋さんを諦めたくはなかった。でも病を得た両親を抱えて生きて行くにはそれしかなかったんです。結婚した瀬尾は優しい夫でしたし、子供にも恵まれ、後悔はありません」

智恵子は膝の上で指を擦り合わせた。

「あなたを見たとき驚きました。今までずっと忘れていたのに、急にすべてを鮮明に思い出しました。あのときの曇った空も、煙も、焦げた臭いも」

周囲は藤の花の甘い香りで満ちている。しかし智恵子は過去の匂いをかぎ取っているのだ。

「だからもしかして水橋さんもわたくしと同じように、生きて結婚して子供を作っていて……そしてあなたがここにいるのじゃないかと思ったんです……。ふふっ、年寄りの浅はかな夢ですよ」

「夢じゃねえかもしれねえよ」

「え？」

炎真はガリガリと頭をかいて、智恵子の顔を振り向いた。

「俺は身内はもういないが、あんたの言うように、水橋市哉は生き抜いて、子を作った。そして俺はその孫で、あんたのおかげで俺はここにいる……のかもしれねえ」

「だったら……嬉しいんですけどね」

「智恵子さん」

炎真は智恵子の細い骨ばかりの指を握った。

「ありがとう。生きていてくれて。あのとき俺に生きる理由を与えてくれて」

えっと智恵子が目を見張る。炎真はその顔ににやりと笑いかけた。

「水橋市哉が祖父なら、そう言ったかと思ってな」

おばあちゃんをからかわないで、と智恵子は恥ずかしそうに笑った。

「でもありがとう。七〇年の内緒話を聞いてくれて」

智恵子はもう一度丁寧に頭をさげると立ち上がり藤棚から離れた。その彼女と入れ違いに、篁が花をくぐってやってきた。

「こちらにいらしたんですか、エンマさま」

そばにきた篁がはっと顔色を変える。

「どうなさったんです!?」

炎真は藤の花を見つめていた。紫の色を写し取った瞳から、涙が一筋、流れ落ちている。

「ああ、こりゃあなんでもねえ。この体の——器の思いの残りかすだ」

炎真は指先で涙をすくった。中指の先に、丸く滴《しずく》が震えている。よくよく見れば、それも花の色を閉じ込めているのかもしれない。

「涙か。ずいぶんと久しいな」

炎真はそれをなめ、立ち上がる。

「いい休暇だった。いろいろと体験できた。人を思うこと、守りたいと思う心を思い出せた。やっぱり休暇は現世に限るな」

「エンマさま……」

心配げな篁の肩をぽんと叩く。

「庭に戻ろう。まだお菓子の家を攻略してねえんだ」

夕風に翻り、光る藤の花房の下を、炎真は歩いていった。

終

メゾン・ド・ジゾーの一室の窓を開け、地蔵路生は外の風を取り入れた。室内を振り向くと、中はガランとしている。ちゃぶ台もテレビもＤＶＤプレイヤーも片づけた。窓に下げたカーテンがゆらゆらと風を摑む。畳の上には埃がキラキラと漂っているだけだ。

「大家さーん」

下から声をかけられ、地蔵は地面に目を向けた。住人の森田琴葉が手を振っている。

「大央さん、引っ越されたんですかー？」

「はい、そうですよ。一昨日ね」

「そうなんですか、引っ越しの車とか見なかったから」

「荷物はほとんどお持ちじゃなかったですからね」

篁の膨大な犬コレクション以外は、と地蔵は微笑んだ。

「そうなんですか。ちょっと話すようになってたから残念です」

琴葉は本当に残念そうに言った。もしかしたら彼女は炎真に好意を持っていたのかもしれない。

「また、来るかもしれませんよ。いろいろと食べ残したお菓子がありますから」

琴葉は地蔵に手を振って大学へ行った。地蔵は箒を握り、青く澄んだ空を見上げた。

「またお待ちしてますよ、エンマさま」

本書のプロフィール

本書は書き下ろしです。

小学館文庫

えんま様《さま》の忙《いそが》しい49日間《にちかん》
光《ひか》る藤《ふじ》の頃《ころ》

著者　霜月《しもつき》りつ

二〇一九年七月十日　　初版第一刷発行

発行人　岡　靖司
発行所　株式会社　小学館
〒一〇一−八〇〇一
東京都千代田区一ツ橋二−三−一
電話　編集〇三−三二三〇−五六一六
販売〇三−五二八一−三五五五
印刷所　——————図書印刷株式会社

ISBN978-4-09-406668-5

獣の牢番

妖怪科學研究所

久我有加

イラスト　松尾マアタ

「妖怪など迷信だ！」

散らかしやの所長・八尋と新米所員の修、
八尋の友人で妖怪小説を書く飯窪。

三人が追う事件に隠された秘密とは？

明治あやかし事件解明録！
